爱别离

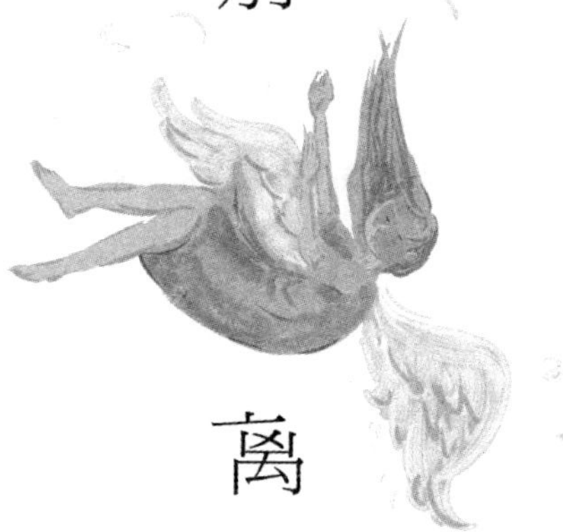

袁永海 著

天津出版传媒集团
百花文艺出版社

图书在版编目（CIP）数据

爱别离 / 袁永海著 . -- 天津 : 百花文艺出版社，2018.8

ISBN 978-7-5306-7507-6

Ⅰ . ①爱… Ⅱ . ①袁… Ⅲ . ①长篇小说 - 中国 - 当代 Ⅳ . ① I247.5

中国版本图书馆 CIP 数据核字 (2018) 第 096053 号

责任编辑：郑　爽

出 版 人：张纪欣
出版发行：百花文艺出版社
地址：天津市和平区西康路 35 号　**邮编：**300051
电话传真：+86-22-23332651（发行部）
+86-22-23332656（总编部）
+86-22-23332478（邮购部）
主页：http://www.baihuawenyi.com
印刷：北京欣睿虹彩印刷有限公司
开本：880 × 1230 毫米　1/32
字数：152 千字
印张：8
版次：2018 年 8 月第 1 版
印次：2018 年 8 月第 1 次印刷
定价：36.00 元

如有印装质量问题，请与北京欣睿虹彩印刷有限公司联系调换
地址：河北省唐山市玉田县郭家屯乡代官屯村
电话：18610200585
邮编：064199

爱别离

目录

上

“小留”部落

003 ... 一

006 ... 二

008 ... 三

011 ... 四

014 ... 五

018 ... 六

020 ... 七

024 ... 八

028 ... 九

031 ... 十

033 ... 十一

037 ... 十二

041 ... 十三

044 ... 十四

047 ... 十五

050 ... 十六

中

海归蚁族

057 ... 十七

060 ... 十八

063 ... 十九

066 ... 二十

071 ... 二十一

076 ... 二十二

081 ... 二十三

086 ... 二十四

090 ... 二十五

095 ... 二十六

100 ... 二十七

106 ... 二十八

112 ... 二十九

118 ... 三十

目录

下

再赴伯恩茅斯

131 ... 三十一
136 ... 三十二
141 ... 三十三
146 ... 三十四
152 ... 三十五
157 ... 三十六
163 ... 三十七
169 ... 三十八
174 ... 三十九
179 ... 四十
185 ... 四十一
190 ... 四十二
195 ... 四十三
200 ... 四十四
206 ... 四十五
210 ... 四十六
216 ... 四十七
222 ... 四十八
227 ... 四十九
236 ... 五十
242 ... 五十一
245 ... 五十二

上

『小留』部落

爱别离

一

我拉着沉重的旅行箱，徘徊在伯恩茅斯的大街上，脸上流淌着一个18岁中国妹子无助的泪水。我不知道这条街叫什么名字，中秋湿漉漉的晚风吹拂着陌生的建筑，吹拂着穿梭于街道上所有的Yellow buses和Red buses（注：两家公司的公交车，黄色的通往郊外，红色的跑市内），行色匆匆的蓝眼睛白皮肤的男人女人们从我身边闪过，我却无法或者有胆量向他们喊出“Hello”，因为，一旦某个人被我叫停下来，我实在不知道该如何向他们表述我要找酒店暂住或者租房子。小留学生英语怎么说，酒店怎么说，租房子又怎么表达，我统统不知道。我只能马马虎虎地说清“I am from China（我是一个中国人）”！

那个时候，我看着渐渐落下去的夕阳，看着街道两侧逐渐亮起的灯光——那夕阳、那灯光和家乡的夕阳灯光有什么分别吗？我开始怀恨苏护士和夏编辑了。都是因为他们的执着、他们的固执，才使我落得如此狼狈漂泊的下场。唉！我的父母亲！大人们啊！我在国内考不上好大学甚至普通大学又怎样？考不上好大学就一定没有工作可做吗？我会饿死吗？为什么非要学着人家有钱人，东拼西凑地把我变成一个“小留”呢？镀了金就一定能得到好工作吗？何况我心里对自己是否能够或者有能力镀得真金一直持怀疑的态度。我也开始怀恨那家代办留学的中介公司了，是他们把什么都说得好得不能再好，为了赞誉伯恩茅斯，甚至不惜贬损我们人间天堂苏杭，还说什么伯恩茅斯是全世界学习英语最好的地方。哼哼！最好的地方怎么连“小留”的住宿都不能提供？

肚子叽里咕噜地不停向我讨要食物，是呀，十多个小时了，我还仅仅在飞机上简单用了一点航班赠送的小吃。但是，我却没有一点食欲，我遭遇着18年来前所未有的恐慌，陌生的城市，陌生的空气，陌生的面孔，完全听不懂的语言，如果是在家乡，即便我身上没有一分钱，我也决不会沦落到露宿街头。可是现在，现在我的行李箱里虽然藏有足够的现金，中外两用贷记卡上更是存有足够的欧元，但我能够手擎着钞票，满大街地叫嚷“我要住宿——我要住宿——我要住宿”吗？当然不能。因为我相信，即便我那样做了，也不会有谁能听懂，更别奢望有人会帮助我，充其量会引来一大群好事的伯恩茅斯人围观，那些人会耸肩摇头，相互低语或大声嘲笑。虽然不能说我此刻代表中国，但我就是不能任由他人鄙视和嘲笑！

我止住了眼泪，因为我忽然觉得好像有人在跟踪我。不过，这不但没使我恐慌，反而让我陡地增添了精神，来了斗志。英国是法律非常严谨的国家，何况此处应该是伯恩茅斯市的中心街道，有那么多人来来往往地走过，街道的斜对面就有一个手持警棍的警察，如果我高声喊“Help（帮助）”，他一准儿能够听到，我不信有谁敢这么胆大妄为地拦路抢劫。我索性停下来，转过身，干脆瞪起眼睛迎视着那个高高瘦瘦白白净净的男孩。他好像跟了我很久了，也许打我从伯恩茅斯语言学院一出来，他就盯上了我，一直在跟随我。男孩一脸纯真的憨厚相，哪儿哪儿都不像个邪恶之徒。见我怒视他，他并不躲开我的目光，干脆直接冲我走过来，一直来到我近前。我看了看街对面的警察，意在提示他也看看那里。他果真看了看那里，但很快就又把脑袋转回来，冲我耸了耸肩歪歪头，忽然用手掌一按自己的胸口，说：“你好！我……我叫Andy，不是坏人……”他又把另一只手抬起来指着我，“你……不用……害怕，你……中国……”

那一刻，我的眼泪又流出来了，不过不再是委屈和无助，是激动和庆幸。啊，是的，我怎么也没有料到，在离家万里的英国南部，这样一座边陲小城，居然能让我碰到一个会说一点汉语的伯恩茅斯男孩。我的幸运还不仅如此，原来，这个叫Andy的男孩，他们家就是一个专门给各国留学生提供饮食起居的服务家庭，英国人管这样的家庭叫Stay home（寄宿家庭）。

二

来到伯恩茅斯的第一天我几乎整夜无眠，并非因为想家。不要把我看成普通的娇滴滴的女孩子，事实上我一点也不留恋苏护士和夏编辑，尤其是前者——那个我称其为母亲或者妈妈的女人，她简直就是那个家里不折不扣的君主。我每天放学回来，她都要以怀疑的眼光检查我的听课记录，检查课堂练习和作业，每每我刚一进家，甚至还不等我放下书包，她就追着我催我洗脚洗脸，嘴里嘟嘟囔囔地吵嚷着："抓紧时间！抓紧时间！抓紧时间！"我想看一眼电视放松放松紧张的神经，她立刻就会不高兴。我累了困了，刚没忍住打个盹儿，她立刻就批评我缺乏毅力，少骨气。我考进校前二百，她逼我进一百；我考进校前一百，她又逼我进五十。如果能拿到二本，她盼我拿一本，等我能拿到一本，她又督促我拿国家重点，拿清华北大……你们说，像这样的君主，我如何能满足得了？既然满足不了，哼哼……高二以来，我的成绩偏偏就每况愈下，节节败退。在苏护士可能预感到我连最普通的大学恐怕都无望的时候，她突然一个决定，毫无商量余地地就把我变成了一个"小留"。

我往夏编辑的手机上发了条短信：平安，勿念。

Andy长时间地逗留在我的房间里，这也许背离了英国人的习俗，但我并不讨厌他。Andy不是个聪明的男孩，或者更确切地说，他比一般男孩的智力好像还要稍差一些，不过也许正是这稍差一些，我才不讨厌他，才觉得他有点安全而可爱。Andy天性纯良，性格外向，非常喜欢说笑，尽管语言表达能力较差，但他非常好学，尤其对我们的汉语兴趣浓厚。我从他整整一个晚上的零乱的汉语字词间分析了解到，他20岁了，留过两级，也在那所语言学院里读高二。这样讲，我们应该算是同学了。据他津津有味的介绍，伯恩茅斯确实是世界上学习英语的最佳地区，每年都有大量的从小学五六年级到大学的外国留学生涌到这里求学，也因此，学校才暂时无法满足越来越多人的住宿需求。

Bournemouth（伯恩茅斯）属于海滨城市，而在英国南部沿海一带，叫这个mouth（口）那个mouth（口）的城市特别多，反正不是在大河入海口附近，就是临近海湾口，所以才有这样的称呼。这座城市并不大，大约有十七八万人，和英国其他城市一样整洁有序，只是现代气息似乎更多一些，少有古旧建筑，享有世界一流度假胜地及“鲜花之都”的美誉。

伯恩茅斯依伯恩河入海处而建。

Andy家宽敞的三层别墅就坐落在伯恩河边，拉开窗，波光粼粼的河水尽收眼底，水面上倒映的五颜六色的万家灯火，不时被急急驶过的大大小小的油轮或客船所击碎，空气中弥漫着淡淡的海水的腥湿气息，混合着别墅前的花园里不断散发的幽香。

Andy离开时已是下半夜，经过长时间的奔波，虽然我的脸上已有倦容，但却丝毫没有困意。这没办法，谁叫我在干燥且浮尘肆虐的家乡，从来观赏不到如此洁净、水天一色的城市夜景呢？我久久地站在窗边不愿离去，贪婪地呼吸着腥腻腻的湿润的空气，瞪大眼睛仔细欣赏夜幕下伯恩茅斯的景致。伯恩茅斯格外明亮的星空令我陶醉，渡轮驶过，伯恩河时断时续的涛声更给我梦境般的幻想，使我想到伯恩河边长大的男孩Andy。他以后会和我发生故事吗？会发生什么样的故事呢？

三

在伯恩茅斯的第一个早晨，我被一阵紧过一阵的敲门声惊醒。我骨碌一下坐起来。窗外的太阳已升至半空，这哪里还是早晨？难道手机的闹钟没响？我抓起手机，上面赫然显示着已是17点多。中秋时节，此刻应该是下午临近黄昏才对，莫非我是在梦境当中？可是敲门声分明越来越激烈，我忽然清醒了。啊，不对，这不是在中国，这是伯恩茅斯啊。糟糕，我的手机竟忘了调整，还是北京时间，伯恩茅斯此刻应该已是上午9点多了。今天是我上语言学院寄宿高中的第一天，我怎么连这么重要的事都给耽搁了？真是该死！我赶紧穿上衣服，一面喊着来了来了，一面冲门口跑去。

门外站着的居然是Andy。

Andy真是个热心的好男孩！

我一路上跟在Andy身后，默默地在心里重复着“Thanks”，默默地走，默默地跟着他登上一辆经过语言学院的Yellow bus（黄色公交车），默默地听他嘴里不停地蹦着生硬的汉语。“以后，你，没，搬到，学校，之前，我，每天，都，负责，接送你，反正，我们，也是，同路。”我不知道Andy为什么如此关心我，从一个有点傻的异国男孩的眼神里，我暂时还看不出任何异样来，我姑且认为，这大概是一个小房东要和他家的房客建立和谐友好的关系吧，毕竟我是他主动拉来的房客，我给他家增加了不少收入嘛。

“小留”寄宿高中班均设在三楼，宽宽的楼道里十分洁净，但并不安静，就像家乡学校课间的样子，老远就能听到喧哗声。Andy把我带到三楼的楼梯口，为我指点了我们班的教室，说了声“放学，等我”，就一溜小跑地跟他道别了。我怯怯地向IB2-4走过去，不知道迟到了要不要像在国内那样喊报告。我想象着也许陌生老师的蓝眼睛会冲我大大地瞪起来，先给我来个下马威。那扇鹅黄色的门大敞四开，我停在门口，里面似乎没上课，十来个人围在教室的中间，正七嘴八舌地交谈着，可让我感到非常奇怪的是，他们交谈所使用的语言，居然是我全部能够听懂的汉语普通话。我看看他们的容貌——黑头发，黄脸皮，这分明都是中国人嘛。一瞬间，我竟怀疑自己是不是穿越了，又回到了暑假前的母校，可再看看黑板上的大大的红色标语——Welcome new students（欢迎新同学）！还有两个黑人和两个棕褐色皮肤的人呆头呆脑地站在四周，我这才敢确定，IB2-4肯定就是我即将求学一年的班集体。

说来真是滑稽透顶，又万般无奈，我万里迢迢地跑来英国，来到一个还不如家乡城市大的伯恩茅斯，而且苏护士和夏编辑一年要花掉30余万元人民币，可谓巨额投资，是何等的盼女成凤！但是，他们无论如何都不会料到，他们的宝贝女儿——夏米苏所在的IB2-4班，共18名留学生，其中有14人竟是我们大汉民族同胞，十足的中国"长城"！可怜天下父母心啊！大人们啊，如果你们了解到，现如今每年有大约二十万的中国"小留"钻到世界各地，你们还会那么趋之若鹜、义无反顾地让自己的孩子远渡重洋吗？事实上，一踏上"小留"的道路，就注定我们中有许多人一年后将成为任人嘲笑的一无是处的"海带"（海归待业人员）。这真让家长们始料不及呀。

我是被一个绰号叫"汉奸"的男孩拉进教室的。

"汉奸"是闽北人，他这个绰号是今天早晨一长春妹子宋戴儿给起的。我不知道宋戴儿为什么给他起了个这么难听的绰号，刚一见面我也不好追问宋戴儿，但我感觉闽北"汉奸"对我还算蛮好的，是他最先发现了怯怯地站在门口的我。他先是吹了声口哨，接着就老朋友一样喊出了我的名字。"夏米苏，你们看，夏米苏！我们的最后一个有缘人终于姗姗而来了。"我看见"汉奸"噌的一下敏捷地跃过桌子，眨眼间冲到了我面前，我还在愕然中，就被他一把拉住，不由分说直接将我拉进了人堆里。不要奇怪，先来的人自然能看到IB2－4班的花名册，自然就记下了迟迟不到的同样from China（来自中国）的夏米苏。我窘迫地不知该面对哪一张脸，或者哪一张嘴，十三个同胞几乎同时向我发问。“夏米苏，快说说，说说，你是哪个省的，看看与谁最近。”正犹豫间，我忽然发现了一个人，这个人就坐在我身侧，他的脸酷似Andy，白白的，鼻子高高的，眼睛蓝蓝的，是深邃而透明的蓝。那双蓝汪汪的大眼睛忽然冲我笑了一下，他站起来，友好地用力抓住我的手，他看上去好像比我们大几岁……

四

“小留”班的管理十分松散，英国人管这美其名曰“人性化”，也许整个寄宿高中、语言学院、伯恩茅斯甚至全英国的教育都是如此，英国人说就是要让学生时时刻刻都能体会到自由与舒适。当然，才刚刚开始，我无法判断这样的教育模式对我好还是不好，总之，反正作为一名差等生，在国内的学校，我也是常常遭到班主任和每一个科任老师的无视的，要么就是偶尔被一顿狠狠挖苦和奚落，现在的宽松自由不就是没人管吗，没人管对我这个早已散漫惯了的学生也许是好事儿呀。

第一周没有安排正课，除了报到和注册，我们一直在熟悉学院的环境。我们要熟悉宿舍、厨房。寄宿高中有一种非常强烈的家庭氛围，那里可以举办各种各样的聚会，宿舍管理人员经常与学生们一道做比萨饼或即兴准备咖啡；我们还要熟悉图书馆、阅览室、机房、健身房、戏剧社、体育场和露天泳池等诸多的公共场所，熟悉每一处的功能设施和服务方式。那宽阔的体育场简直令我们这些中国来的“小留”们瞠目而惊叹：标准的碧草茵茵的足球场地，鲜红的拥有十条跑道的竞赛区，六块红土网球场地，四块篮球场地……这样说吧，每一处都显露出一个现代国家的富有和奢华。那个水净如镜的泳池，加上几条“美人鱼”的点缀，更让我们流连忘返。而带我们熟悉环境的，就是那个长相酷似Andy的大男孩，他就是我们的班主任，我们都亲切地称他为“T”。T是个很随和的人，也很懂得尊重别人，但T一点都不懂得汉语。我听T讲话，尽管他的语速很慢，几乎是一个字一个字地往外蹦，可我最多就能明白十之一二。

我们终于迎来了第一堂正课。

在英国，高中课程的设置完全适用于其教育的公共考试体系，分为GCSE（普通中等教育证书）、A-LEVEL（中学高级证书）、GNVQ（全国通用职业资格证书）和IB（国际高中证书）。我们的“小留”班当然是最后者，课程设有物理、数学、化学、地理、生物、经济、哲学、宗教、音乐、家政、绘画、戏曲、演说、钢琴等，现代语言有英语、法语、西班牙语，古典语言有希腊语和拉丁文。另外，还有紧跟社会发展的信息、网络课程。每天有10小节课，30到40分钟一节，从早上8点半到下午4点多，安排得相当紧凑。不过，不要害怕，我们的毕业和升大学考试仅有三门课，即数学、物理和化学，外加一些语言类、艺术类、社科类或技术类的组合选修考查课。而每一门课都有多个授课教师，我们可以随意选择自己喜欢的老师。

IB2共有6个班，每班15 ~ 18人不等。在整个英国，高中寄宿班几乎都是这样，小班更容易管理嘛。第一次正课，我不知道自己该去听什么课，数学，物理，化学，还是语言、艺术、社科或者技术类的随便哪一门的选修课？老实讲，无论是必修的考试课，还是选修的考查课，我都不可能听得懂，因为在家乡的高中我都越来越听不懂，更别说是在英国，完全是英语的课堂了。我只好跟着“汉奸”，我打定主意，“汉奸”去哪，我就去哪了。我瞥见宋戴儿不屑地瞟了“汉奸”一眼，但她并没有独自走开，显然，她恐怕也像我一样根本拿不定主意，然而“汉奸”并没有理睬我们，他那有点谄媚的目光一刻也没离开我们的monitor（级长）。

IB2－4的monitor（级长）就是那两个黑人之一的女孩，叫迈塞勒，是出生在埃塞俄比亚高原沙漠上的日本籍女孩。据说迈塞勒的哥哥是世界著名中长跑运动员，她全家就是随着她哥哥一起移民日本的，无奈嘛，沙漠那地方实在是太穷了呀。迈塞勒身材修长，细腻的皮肤黑中泛亮，如同油脂，忽闪的大眼睛，翘翘的长睫毛，翻开的厚嘴唇，三七分的无数条小辫子，处处性感，无处不撩人，连我一个女孩子有时候都想抱住她、亲亲她，也难怪“汉奸”色色的视线总是围着人家打转！

“汉奸”讨好地叫道：“monitor（级长）！”

迈塞勒冲我们点头，含笑，那么漂亮的一个女孩一旦笑起来，就越发迷人了。我看见“汉奸”的身体不禁朝着迈塞勒的方向前倾了一下，若不是隔着桌子，被桌子横空阻挡住，也许“汉奸”的身体就会扑到人家身上。宋戴儿的鼻子里立刻发出了一声冷哼。迈塞勒装作视而不见，迷人的笑靥一直洋溢在脸上。她像所有沙漠女孩一样，承袭祖上坚毅的性格，学习英语，仅仅用了一周，口语就基本掌握了，而且由于长时间跟我们相处，耳濡目染，居然连带着也会说一些简单的汉语。“怎么？”她说，“你们，还没有……idea（主意）吗？ Well（好），follow me（跟我来）！”

五

Andy一直信守承诺，每天都陪伴我上学和回家。我不知道还要在Andy家的别墅里生活多久。我问过班主任T，也曾装出哭哭啼啼的可怜相央求过T，央求他多想想办法，让我尽快搬进学校公寓里住。我的英语水平依旧是老样子，似乎永远都无法做到用熟练的英语交流。我拿着掌上电子词典，几乎是查一个单词，说一个单词，再配合上痛苦的表情和手势，我把一串串眼泪泼洒在电子词典上，但T根本就不为所动，因为那完全不是由他所决定的，所以狡黠的他总能够恰到好处地以各种理由搪塞过去。T最后总是以征询的口吻反过来央求我，他说，wait（等等），once more（再等等吧），okay（可以吗）？

我还能怎么样？难道我不okay（可以）？

住在Andy家实在是诸多不便，我倒不是担心花费苏护士和夏编辑更多的钱，既然他们能不切实际地狠心把我变成“小留”，我还要再为他们着想吗？我也不害怕每天要跑那么远的冤枉路，伯恩茅斯大学语言学院坐落在郊外，远离喧嚣的城市，依山傍水，四周散落着优雅的古老教堂和宁静的小镇。我买了一辆自行车，每天听着Andy凌乱的讲述，悠然地穿梭于伯恩茅斯最繁华的pedestrianised street（购物街），几乎是一路徜徉。两个人很像一个游客和一个能力有限但颇具耐心的导游，这还有什么不惬意的吗？只是我终于从Andy傻乎乎的眼神里觉察出了异样，他常常痴痴地看着我，眼光里肆无忌惮地飘动着热辣辣的欲望。我有过初恋的经历，读得懂男孩子的那种眼光。我看得出，如果我再继续长期与Andy朝夕相伴，他早晚有一天会对我动手的，比如在我下榻的大约12平方米的房间里，或者我们每天要经过的那段僻静的海边沙滩上，假如Andy搂住了我，亲吻我，甚至……我该怎么办？

我不知道。

英国是个自由的国度，在晚间的pedestrianised street，你经常可以看到某面大屏幕上正在放映热辣镜头，你也经常可以看见一些很小很小的女孩，用英国人的口语说就是teens girl（十多岁的女孩），她们旁若无人地拉着婴儿车——里面躺着她们不知与何人所生的婴孩，大摇大摆地招摇过市。地域不同，文化差异，无所谓对错。在这里，我不是在议论人家风俗的长短，我仍然是在说Andy，他虽然有点傻，但身体健康，健康的机能、正常的渴望当然能促成一个男孩对异性的遐想和性的冲动。而且，更糟糕的是，我一点都不讨厌这个有点傻的大男孩。有时候，譬如我们由学校晚回来时，当我们路过pedestrianised street，看到那些火辣的镜头，我骑车躲在Andy侧面，目光常常抑制不住地要窥视他的喉结和他薄薄的微红的嘴唇，我在心里害羞地问过自己，那两片嘴唇究竟是什么味道呢？

还有一件事似乎更糟，就是Andy的父母。她母亲倒是没什么，一个纯粹的家庭妇女，而且Andy的不聪明应该是遗传了她的基因。她整天除了做饭洗衣还是做饭洗衣，她连上街买菜都干不来，好像她的脑子里全是水。而Andy的父亲——那个老机械师，则是个非常阴险狡诈的家伙，他居然动不动就亲自下厨，做我们中国的打卤面或者包饺子，吃饭的时候，还总是指使他儿子Andy频频地照顾我，这分明是在讨好我嘛。有几次晚间，他甚至把几乎从来不离开家半步的老婆硬生生地拉出别墅，且一直很晚才回家，难道这不是故意在怂恿他儿子，给Andy制造下手的机会吗？

有一天，Andy真的闯进了我的房间。我说“闯”当然不是指破门而入，而是他一遍遍固执地敲门，迫使我最终不得不把他放进来。我不知道Andy究竟要干什么，无论我怎么问他，他就是支支吾吾不肯说出来。他进来以后，白白的脸膛居然酡红酡红的。他站着不动，手里拿着一本以绿色为主的杂志，目不转睛地看着我呵呵傻笑。我大声地冲他说：“嗨！嗨！嗨！”他依旧呵呵傻笑，我说：“Andy，Andy，你傻了是不是？”我忽然意识到，也许他不懂得“傻”字，于是我马上改口：“Are you foolish（你是傻子吗）？”Andy终于停止了笑，一本正经地嗫嚅着说：“他们……他们……都不在家。”他的脸更红了，呈现出一种醉态。我立刻把面孔板起来，矜持而严肃地看着他，说：“那又怎么样？难道你……非要进来，就是跟我说这事？告诉你，我不高兴了！我不高兴了你懂不懂？I am distemper（我不高兴了），understand（明白吗）？”我突然变脸还真的把这傻小子给吓着了，他连忙惶恐地摆手：“No！（不）No（不）！ 我是，来……给你，送这个的，明天是……月末，你们，明天，要去，要去……New Forest（新森林）。”他把杂志扔在了床上，慌不择路地跑了出去。我闭着眼睛，仰起头，用手抚了抚胸口，长出了一口气。

六

Andy是来给我送杂志的，严格地说，应该是一本有关New Forest（新森林）风景区的画册或参观游览说明书。看不出，这个傻Andy有时候还真有些心呢！在伯恩茅斯语言学院的寄宿高中，每个月末，学校都要组织"小留"学生们去当地的小镇或农村，以便让他们亲身感受英国，更多地了解英国。IB2-1昨天就去了位于英格兰中西部的埃文河畔斯特拉特福镇——莎士比亚的故乡，听说他们在皇家剧院观看了《罗密欧与朱丽叶》，后来又去爱丁堡艺术馆欣赏了展览，还观看了一场橄榄球赛。这听起来就让人激动！根据安排，我们明天要前往拉塞尔考茨艺术画廊，观赏现代与传统的各类名画，体验绘画艺术；之后去参观著名的罗斯西博物馆、冬日花园大厅；最后要到New Forest（新森林）欣赏美景，并在那里欣赏世界知名的伯恩茅斯交响乐团的精彩演出。稍晚些时候，New Forest（新森林）的工作人员还要和我们一起举办国际猜谜晚会和歌舞表演活动。

据实讲，我早就盼着这一天了，盼得眼睛都已经发蓝了。

我讨厌上课，讨厌坐在教室里，比在国内还要讨厌十倍百倍。在国内我可以避过老师的视线，躲在某个角落，躲在山一样的教科书和参考书堆后面，或看自己喜欢的校园期刊，或玩手机游戏，高兴了也可以和网友用QQ聊天，或干脆趴在课桌上睡大觉。其实，有时候，即便被个别老师发现了也不打紧，在他们不屑的目光里，你只要不捣乱，不影响别人，他才懒得管你，反正在他们看来你根本考不上任何学校。“小留”班的情形则完全两样，你根本看不了闲书，玩不了游戏，你什么都干不了，因为那几乎完全是讨论的课堂，自由的课堂，老师很少站在讲台上，更多的时候，是坐在十几二十来个学生中间，引导并参与学生们对某个知识点或某道题目的讨论、辩论、甚至是争论，只有大家都不会了，都不明白了，他才会回到黑板前给大家作细致地讲解。你想，这样的课堂，我能干得了什么？我只能傻兮兮地静静地坐在某处，看着人家指手画脚，听着人家嘴里叽里呱啦地乱说，我什么都不明白，什么都不会呀。有谁了解我的痛苦？夏编辑、苏护士，你们晓得自己的女儿，在万里迢迢异国他乡的所谓留学生课堂上，有多么的悲哀，多么的可怜吗？

我并非不求上进。

宋戴儿和“汉奸”跟我的情况差不多。如果说在国内，我们存在着很强的逆反心理，父母越是逼着我们进步，我们就越是倒退。那么，自从到了国外，我们天天生活在一个语言不通的世界里，我们何尝不时时渴望着，并设法将自己尽快融入这个世界，使自己从此不再对之陌生，进而享受了解后的快乐呢？寄宿学校每天下午都设有现代语即英语、法语和西班牙语的辅导课，我、宋戴儿、“汉奸”，还有那个埃塞俄比亚的日本籍女孩迈塞勒，我们四个总能够早早地在英语辅导班里不期而遇。我们每人手里都握着一个掌上电子词典，在老师未到之前，我们常常默默地查阅单词，积极地背记，当然有时候，尤其是在没有“外人”的时候，我们也常常试着彼此间说些英语笑话。但是，我们就是进步得很慢，就是比不了迈塞勒，每当老师进来坐在我们中间的时候，我们总是立刻就哑巴了，且什么都听不懂了。

也许是越来越讨厌T的缘故。我讨厌T，宋戴儿也讨厌T，而“汉奸”简直就是恨死T了。对了，给我们辅导英语的更多的是我们的班主任T老师，只要他一进来，一坐在我们中间，那两颗可恶的蓝眼珠，就几乎一刻也不离开迈塞勒了。他看她的细碎的小辫子，看她的长睫毛，看她修长的身体以及不停地在长的挺拔的胸和后翘的臀。他总是眉飞色舞地对着迈塞勒一个人讲话，和那两片性感的厚嘴唇交流，就是十足的无耻嘛！我们常常气愤地撇着嘴，皱起眉头，哪还有心情听课？我看见宋戴儿偷偷地落泪，看见“汉奸”一脸的茫然。那泪是什么泪？恨T，还是气自己学不会？而“汉奸”的茫然像一只失败的狗。

七

我不懂绘画艺术，所以谈不上观赏，只能说是粗略的“观”，而丝毫没有“赏”，当然就更听不懂解说员滔滔不绝的骄傲的解说，什么这个名家那个名家，这幅名画那幅名画的，对我来说是名副其实的对牛弹琴。罗斯西博物馆也是如此，原来就是对伯恩茅斯城市发展史的收藏和介绍，不就是一些古老的甚至都破损了的图片和一些老旧器具吗，这有什么可参观的，我早就通过Andy的嘴巴了解了十之八九了，我都听腻了呀。我忽然觉得索然无味，无聊地跟在人群后，不再注意听解说员介绍，更没有兴致观看那些被他们吹嘘得都具有传奇色彩的东西，我的目光溜到宋戴儿和“汉奸”身上……我看见宋戴儿还在紧追着解说员，努力地吃力地听。“汉奸”好像十分兴奋，他忙得不亦乐乎，拿着数码相机，这里拍一张，那里照一张，不过我发现，他的注意力其实根本不在那些富有地域文化色彩的展品上，而完全在迈塞勒身上，他表面上装着给某些展品拍照，实则是在把迈塞勒的一个个倩影装进相机。宋戴儿给他起这个“汉奸”的外号，真是不折不扣。不知怎么，我忽然间特别期望T能够尽快得手，能够尽快把那个具有双重国籍的妖艳的狐狸精拿下。

Andy送给我的游览画册很精美，我看了整整一晚上，密密麻麻的文字说明我能粗略地明白一点，独特的New Forest（新森林）景观是几百年来平民放牧所形成的，时至今日路边仍可见到吃草的小型马，搜寻山毛榉的猪，还有在路边闲逛的驴。大部分森林由一望无际的开阔的石楠地组成，春秋两季那里的风景最美——大片的紫色石楠花，点缀着簇簇黄色的荆豆。在分散的林地，可以发现参天古树、清澈的溪流、盛开的野花以及阳光地带飞舞的群蝶；在森林与大海衔接的地方，可以看见络绎不绝的帆船、小舟、冲浪者以及欢快的游艇和游轮。游客无论是步行、骑车或骑马，随便就可以找到自己宁静的港湾，并在那里聆听鹬和麦鸡的声声歌唱，达特福德莺的啾啾鸣叫，森林云雀的动听小调；夜幕降临时，如果在森林边多待一会儿，还可以聆听到欧夜鹰的嗡嗡歌声，看见冒险离开灌木丛的野鹿和掠过渐暗天空的蝙蝠。

我很喜欢画册里的彩色图片，应该说New Forest（新森林）一定不会叫我失望。我躺在床上，听着夜色中伯恩河的阵阵涛声浮想联翩，我在兴奋中迎来了清晨。巴车刚刚开进New Forest（新森林）时，我就迫不及待地要看看那奇异的小型马，那梦幻的石楠地，那宛若童话世界中的小野鹿……我把车窗拉开，把脑袋伸到外面，我叫着宋戴儿，引领着她的视线。宋戴儿趴在我后背上，起初她被我说得也比较兴奋，可看着看着，宋戴儿就开始怀疑了。到巴车接近New Forest（新森林）的入口，宋戴儿突然一把揪住了我的耳朵，她佯怒着嚷道："好啊，米苏，你竟敢骗我，你说的小型马呢？紫色石楠花呢？小野鹿呢？飞舞的群蝶呢……"

我忍着疼痛叫嚷："在里面，在里面……"

走进New Forest（新森林），人们三三两两地散开了，片刻间便消失在深邃的密林里。本来，按照日程安排，我们应该先欣赏世界知名的伯恩茅斯交响乐团的精彩演出，可是一到才清楚，什么伯恩茅斯知名的交响乐团，只是一支英国最普通的室内小型管弦乐队。再者，即便它就是知名的交响乐团，我们都还是十八九岁的孩子，当然拥有童真，更喜欢野趣。我们只要牢记着集合的时间和地点，还管他什么精彩演出？只剩下“汉奸”、宋戴儿和我没有结组了，似乎没人愿意与“汉奸”为伍，而“汉奸”似乎也不屑与我俩为伴。宋戴儿与我互望了一眼，我们看见“汉奸”折了一根树枝，紧紧地握在手中，一面无聊地挥舞着，一面装作若无其事地瞄着迈塞勒和 T 渐渐远去的背影，朝着那个方向赶去。我们会意地笑了一下，也朝着那个方向走去。

我们坏坏地跟着“汉奸”。我们不担心迷路，New Forest（新森林）虽然面积大，但每一条路上，每隔不远就设有一处导游标识，只要沿着“way out（出口）”，最终准能回到出发的集合地。

“汉奸”的注意力全在迈塞勒那里，他根本发现不了我们。我们远远地能看见无耻的 T，T 不时地往自己的嘴里塞着东西，同时殷勤地递给迈塞勒，我们知道那一定是英国的“国食”炸鱼加薯条或者烤土豆，而且是那种表层带有面糊的酥酥脆脆的炸鱼。太阳已经西下，茂密的林地上有斑驳的树影，欧夜鹰和森林云雀已经开始欢快地鸣唱。我们走走停停、躲躲藏藏，不敢太过靠近，以免被“汉奸”听见我们的脚步声——偷窥人家的隐私总归是一件比较龌龊的事情嘛。忽然，我们看见“汉奸”机警地停下来，“汉奸”将身体隐到一棵粗壮的树后，他慢慢地探出脑袋朝着前方窥望，我们也朝那个方向望去。可是那里除了密密麻麻的参天古树，已经看不见迈塞勒和 T 的影子。我们不清楚前面究竟发生了什么，但料定那里一定是发生了什么。我用眼光示意宋戴儿，机灵的宋戴儿马上会意，于是我们沿着旁边的另一条小径快速地向那里绕去。我们越来越接近迈塞勒和T可能停留的地方，于是放慢脚步，迈塞勒呢喃的声音传进了我们的耳朵。我们蹲下，再缓缓站起，终于看见了期待的那一幕……

八

我们好几天没有见到“汉奸”了，我问宋戴儿，宋戴儿也完全不知情。在IB2-4，我们虽然讨厌“汉奸”，可是14个中国“小留”，与宋戴儿我俩关系最好的还得说是“汉奸”。莫非“汉奸”受不了“爱情”失败的打击？这似乎有悖常理。我们推测，“汉奸”不可能真正爱上迈塞勒，起码不可能是那种深陷以致不能自拔的爱，他顶多也就是看上了人家曼妙的身材和性感的容貌，想借助自己有几分酷帅的外表追求一下，追上了，就玩玩，追不上，则权当是课外生活的消遣。退一步讲，就算他真的爱上了迈塞勒，真的遭受了爱情打击，也不应该不上课，放弃学业呀。本来对于我们这些留学生来说，想在英国升入某所大学，简直如同痴人说梦，但总归暂时还有梦在吧。

我们去寻找“汉奸”，去学校的公寓里找。“汉奸”比我们来得早，有幸被留在那里居住。我们不敢直接去问T，担心“汉奸”没有向他请假，只是自己随便逃课，如果是那样，我们的行为不就等于给“汉奸”告了黑状吗？我们很小心地找到宿舍管理员，将管理员叫到一边，装作跟他随便聊聊的样子，问他最近宿舍里有没有生病的学生，有没有白天不去上课，留在宿舍里睡大觉的。管理员被我们问得丈二和尚摸不着头脑，他狐疑地摊开双手，望着我们说：“No（不）！No（不）！What are you doing（你们想要干什么）?”我们哪敢说出我们在doing（干）什么，慌忙甩给他一句“Bye-bye（再见）”，逃离了公寓。

我们无法打听到“汉奸”的去向，在与他同住的同学那里，我们顶多也就了解到，“汉奸”最近常常与大学预科的那几个福建学生混在一起，他们总是形影不离，每天早出晚归，但究竟在干些什么，谁也说不准。某一天下午课间，“汉奸”突然给我打来电话。“汉奸”在电话里显得特别活跃和快乐，他张口便对我说：“啊，我的小苏苏，想哥哥了吧？有时间，让哥哥好好陪陪你！”“汉奸”总是嬉皮笑脸的。我马上截住他的话头，否则，他还指不定要说出什么更赤裸的内容。我对他说：“‘汉奸’，老实点，不许胡闹！”我问他：“你究竟干什么去了？害得宋戴儿和我每天都在为你担心。”

“汉奸”骄傲地回答：“哦，这就对了嘛，我说我还没混到那么糟，竟没有一个人惦念我。对了，米苏，我正要告诉你这事，我现在在打工啊。”

“打工？什么打工？”

“就是在外边工作挣钱啊。”

“哦……啊？你竟敢……那T知道此事吗？校方允许吗？”

“汉奸”哈哈地笑起来。“我的傻米苏，”他又说，“你还不知道啊，学校根本没人理会这事，人家招小留学生，挣的是钱，至于你听不听课，能不能升入大学，只有你父母才在乎，人家根本就不管。怎么样，你也出来打工得了？别老把自己圈在学校里受那份洋罪了，难道你还没受够？”

“我……我……”我支吾着，不知道该如何回答“汉奸”。老实讲，对于我在英国是否能够升入某所高校，只有天知道。

“汉奸”又开始嬉皮笑脸了，“苏苏，”他无耻地讲，“快出来吧，跟咱哥们一块混，咱哥们包你‘性’福。你还不相信咱哥们的‘工作’能力？”

“你浑蛋！不要脸！”我真的有点生气了，大声地骂了一句“汉奸”。

“呦呦呦，哈哈哈。”“汉奸”再一次哈哈笑起来，“苏苏，哥哥只是与你开个玩笑，别当真，别当真。不过……不过……你和那个傻Andy究竟怎么样了？老实讲，哥们还真就有些气不顺，怎么能把我们的苏苏随便就便宜给一个小洋鬼子呢？”

我愤怒地挂断了手机。

在Andy那里，我很快证实了“汉奸”所言非虚。据Andy介绍，在伯恩茅斯，甚至在整个英国，中国来的留学生，许多人都是打着学习预科的旗号，而实际上是来到这里打工。作为欧洲人口密度较小的国家，英国的劳动力是比较缺乏的，外来人员只需随便走进大街上的一家 job center（职业介绍所），很容易就能找到一份薪水不菲的工作。因为这些机构都很先进且非常人性化，里面配有许多电脑触摸屏，各种工作均按性质的不同作了分类汇总，求职者可以在上面任意点击，在寻到合适的工作后打印出详细信息，机构里还专门提供了与雇主联系的免费电话。但是，凡是中国的“留学生”，通常都是在餐馆里刷盘子，在大型超市里做清洁，在酒吧里做招待，在小卖店当店员，在宾馆里做 housekeeper（女管家），或在食品厂做流水操作工。有的人甚至每天干三份以上的活，因为超市清洁多在早晨，刷盘子多在下午，而酒吧招待又多在晚上。

Andy 向我介绍完，我窥见他的眼光中竟奇怪地慢慢流露出一丝恐慌。他定定地注视着我，看着看着，这傻小子居然狂躁地发起火来。“怎么，”他嚷道，“你，要去，打工吗？我……不允许你……那么做！Don’t allow(不允许)！Don’t allow！我爸……说过，不好好学习，将来就只能干社会最底层的工作。”他的眼光又缓缓黯淡下去，最终转为犹疑。傻 Andy 突然发怒，我有点诧异，但他瞪起眼睛的样子确实越发可爱。

九

我的第一任老板是个台湾人，人家都叫他Abner。我查了一下词典，词典里没有该词条的翻译。我问Andy，Andy说，Abner是不常用的英国男子名，什么意思呢？就是聪明的意思。

那是一家不大不小的酒店，每逢周末，里面都会安排歌舞表演，店面的招牌叫Taipei cabaret（台北酒店）。我每天下午4:30准时赶到那里上班，工作是厨房勤杂，具体负责帮助厨师配菜、洗碗和打扫厨间的卫生，每小时6.5英镑，一周一结算。这在伯恩茅斯的小时工里，属于中低层次的酬劳。并非因为我经济拮据，我才不在乎苏护士和夏编辑的生活是否紧张，没钱了就毫不犹豫地向他们要，他们爱到哪里借那是他们的事嘛。我像“汉奸”和众多的中国“小留”们一样，其实早就厌烦了循规蹈矩地坐在乏味的课堂上，早就无法收起对校园外斑斓世界的向往。

Abner是个非常狡诈的家伙，他说着一口流利的英语，同时能讲一口地道的汉语普通话。据说他在北京也曾开过一家Taipei cabaret（台北酒店）。他每天三番五次地走进厨间，有时候干脆就长时间地坐在厨间。刚开始的时候，我根本没在意他鬼祟的目光，我对工作充满了兴奋和好奇，觉得一切都是那么的新鲜，而且还能从无比的快乐中赚得大把大把的英镑。可是，随着时间的不断流逝，慢慢地我觉得越来越烦闷了，每天我像个机器人一样，把堆积如山的碗盘摆好，推进大机器，然后一摞摞取出，再用尽全身的力气把一摞摞高高的盘子和碗抱到橱柜。有时候我真的好恨那些有事没事就到外面吃饭的伯恩茅斯人，光吃饭也就罢了，干吗还要那么多讲究？什么头道、开胃、主菜、甜点啦，光一个人所用的杯子、碟子、盘子和碗就有一箩筐了，累得我哪怕是偷着伸伸腰都觉得是在休息！我也开始怀恨Abner，要不怎么他让人叫他Abner，敢情他的“聪明”还不仅仅表现在每日里频频走进厨间监督我们，他居然敢一次次不断地赖账。现在国内都没人敢明目张胆地拖欠农民工工资了，这个无耻的台湾人竟敢跑到英国来耍这一套。可是眼看着连厨师都不敢说什么，我能怎么样？我只好一忍再忍。

有一天，我把Abner拖欠工资的事告诉了宋戴儿。

宋戴儿在一家中国超市里做上架工，对了，伯恩茅斯中国的商家很多，你随便在某一条商业街上都可以发现由咱们国人所开的餐馆或小型超市。不过，宋戴儿比我要轻松多了，超市一般关门比较早，这不像国内，因此她工作的时间每天顶多也就两个小时，所以宋戴儿有几次竟跑来Taipei cabaret（台北酒店）凑热闹。当然有时候见我忙得不可开交，她也会非常高兴地帮我给厨师配配菜，只是Abner看在眼里，木板板的脸上从来不露出半点声色。有一回，宋戴儿趁着Abner不在，偷偷地问我，怎么，那不要脸的家伙还没有给你们发工资吗？我冲她沮丧地点点头，宋戴儿立刻狠狠地把一条活鱼摔在地上，以借此替我发泄一下心中的愤懑。可是宋戴儿也没有其他更好的办法，我们都知道，一旦我就此离开，那将一分钱也别想拿到。宋戴儿后来故意逗我开心，她嬉笑着问我，说说你们家的那个傻Andy吧，傻Andy还在坚持每天接送你吗？他爸爸——那个老不羞还在盼着你能留下来，做他家的媳妇吗？

我佯怒着冲宋戴儿“呸”了一下。

Andy确实每天接送我，我们俩一起骑车上学，放学了，他先把我送到Taipei cabaret（台北酒店），然后再自己回家，估计我该下班的时候，他再来Taipei cabaret（台北酒店）接我。这个执着的傻小子，真的让我既感动，又无奈。好在酒店离Andy家并不远，否则，我真的无法估计，哪天会不会被他感动得“以身相许”。

这天夜晚忽然下起了雨，伯恩茅斯的雨永远那么令人生厌，许是紧挨着海边的缘故，每逢下雨必刮大风，在雨地里，你根本无法撑伞。由Taipei cabaret（台北酒店）出来，我打了个冷战，看见Andy穿着一身墨绿色的雨衣站在路灯下，那细长而单薄的身体裹着厚重的雨衣，看上去粗壮了许多。他背对着风，密集的雨点噼里啪啦地砸到后背上。他看见我，就快速地朝着Taipei cabaret（台北酒店）门口跑来，一面跑一面急急地摆手，示意我站在那里别动。来到我跟前，他麻利地拉开手中的塑料包，取出一身红色的雨衣，默默地帮我穿起来，然后小声地说了句：“Let's go（我们走）。”又默默地朝着灯下的自行车走去。

我心里呼啦一下子温暖起来。

十

“汉奸”又重返课堂了，这是宋戴儿和我两个人的杰作。还是那个理由，我们现在毕竟还有梦在，不忍心看着伙伴早早颓废。倘若从此就永不再涉足课堂，那么，那个遥不可及的英国大学梦岂不就宣告破灭了？我们曾在电话里试着向他说 T，诓骗说是 T 叫我俩找他，T 警告他，假如他再不回到课堂，那么 T 就要把实情通知他的家长。但“汉奸”根本就不在乎，因为“汉奸”早就了解了此事，他知道，在英国几乎所有的寄宿高中里，不论你读的是哪一类，在每个学期末到来的时候，确实班主任都要代表校方，与学生家长以一封信的形式进行交流沟通；但“汉奸”还知道——“汉奸”联系着那几个学习预科的福建老乡“学哥”嘛，像这种事怎能瞒得了他——只要你跟班主任打一声招呼，你让班主任怎么“禀告”，他就怎么“禀告”。即便你不向他招呼，他也会把你在这里的情况“禀报”得好得不能再好。至于你的成绩……哼哼，那只有等到你没能升入英国的某所高校时家长才会知道实情。

于是，我们又采取了第二个办法，我们继续诓他，说迈塞勒想他了，以前他总是围着迈塞勒转，现在突然就从人家身边消失了，人家感觉很失落。“汉奸”将信将疑，说他有点信，是因为这家伙一贯都自信得要命，轻狂得要命，一贯认为自己无论是体魄还是容貌，都达到了一流酷帅的标准，达到了一个男名模的标准；说他有点疑，是因为这家伙毕竟聪明，如此简单的伎俩哪那么容易就骗得了他？果然这家伙哈哈地笑起来，这家伙动不动就哈哈大笑，笑过之后他一本正经地说："我不信，你们快别骗我了，她都和T那样了，还会惦记着我？"我赶紧嘲笑他，我说"汉奸"，你傻了吧？这不是咱们国家，是英国，别忘了两国之间的"文化"大相径庭，和T那样了，难道就不可以和你也那样？"汉奸"还是将信将疑，于是，我把手机交给了早就等在旁边的迈塞勒，我们早就哄好了迈塞勒，教过了迈塞勒。迈塞勒接过手机，一字一顿很认真地说："'汉奸'，你还是赶紧回到课堂吧，我们喜欢和你一起听语言课！"

T走进语言辅导教室里，T这天来得早了些。自从T与迈塞勒发生了"呢喃"之事后，T常常早早地就来到教室。T一眼望见了紧坐在迈塞勒身边的"汉奸"，眉头微微皱了一下。我们纷纷与T打招呼，"Good afternoon（下午好）！ Good afternoon！"T冲我们浅笑了一下，点点头，但目光依然注视着"汉奸"。"汉奸"用眼角的余光乜斜了一下T，没有理睬他，继续向迈塞勒胡侃着、炫耀着，吹嘘自己在国内其实是整个闽北地区的篮球高手，他作为得分后卫，曾经带着他们的校队获得过闽北地区的总冠军，还曾代表闽北地区参加了2009年中国高中级的"中超联赛"。连我们都不知道中国什么时候举办过这样的联赛，更别说一知半解的迈塞勒了。见迈塞勒两只忽闪的大眼睛炯炯地望着自己，"汉奸"更来了精神，他一边拉开上衣拉链，一边眉飞色舞地说："你知道姚明吧？就是NBA那个第一中锋，全明星票王。”“哦，知道，知道，姚明——要命！”一听说姚明，迈塞勒也来了精神，“怎么，你们认识？”“汉奸”撇了一下嘴，“认识！岂止认识，我和他是顶好的朋友了，你们请上眼……”

“汉奸”刷的一下，竟然魔术般从上衣的口袋里，掏出了一沓他与大姚的合影照片。迈塞勒一下子愣住了，大家也都愣住了，就连常常在我们面前不可一世的T，同样也瞪起了他那双蓝汪汪的大眼珠子。“汉奸”桀骜地把照片分给教室里所有的人。这是属于“汉奸”的语言课，是“汉奸”的时间，在这个冬日的下午他终于战胜了一次T。

十一

伯恩茅斯气候宜人，空气湿润，全年多雨，很少下雪。不过，2010年的冬天却一连下了好几场雪。圣诞节前夜，偌大而密集的雪花漫天飞舞，整座城市如同披上了一身洁白的节日盛装。大街小巷张灯结彩，立起了许多粗大的圣诞树，树上挂满了糖果、巧克力和金色的风铃……树下有一人多高的圣诞老人。大人小孩头上顶着圣诞帽，手里抓着圣诞卡，人们又唱又跳，有说有笑，全都沉浸在喜庆的狂欢的氛围里。在Taipei cabaret（台北酒店）工作的所有西方人都放假了，被强行留下来的几乎全是from China（中国人）。我也想休息一天，但遭到无情的Abner的严词拒绝。Abner严禁任何一名中国来的打工者，在这种能给他赚来更多钞票的盛大节日的夜晚停止工作。这天他奇怪地叼起了一支英格兰雪茄，脸比平日拉得更长，板得如同雪地上的一块铁，一直在厨间里打转。他一会儿看看这个，一会儿又盯盯那个，哪怕谁露出了一丝的懈怠，他都会立刻冲过去，毫不留情地冲着人家来一顿严厉的训斥。

我不知道我抱过多少杯子、多少碟子、多少盘子和多少碗，总之，我感觉在这个夜晚，已经把我一辈子甚至是几辈子用的杯、碟、盘、碗全都抱过来了。我的腰和臀部仿佛被分开了一样，一旦弯下去，就很难直起来，而一旦好不容易直起来，就再也不愿意把它弯下去。汗水湿透了衣衫，泪水砸到了脚面。我不知道自己图的究竟是什么，我问过自己，图的是他的钱吗？当然不是，我说过，我才不在乎苏护士和夏编辑的经济是否紧张，只要缺钱了，我就毫不犹豫地向他们要，而他们也从来没说过不给，且从来没拖延过。我只是气不过，难道我就白白地为一个无耻的人付出那么多劳动吗？不行，我必须要拿到，一定要拿到那完全属于我的酬劳。Abner越不给，我就越这样想，我像中了邪一样，每天准时跑到Taipei cabaret（台北酒店），一直干到打扫完厨间卫生。可是，时至今日，都到了祥和的平安夜了，我仍然没有见到Abner一分钱。我在心里暗暗地发誓，倘若今天我再拿不到属于自己的辛苦回报，我就让那该死的Abner付出他应有的代价，让他在平安夜里休想平安！

大街上的火热气氛渐渐冷却，Taipei cabaret（台北酒店）的客人逐渐稀少，喜庆的平安夜正悄悄地迈向阑珊。我看见Abner的长脸上终于露出了笑容，他用雪茄敲击着手掌，给自己打着节拍，嘴里不停地循环哼唱着卓依婷的台湾民歌《美丽的稻穗》。我手指间捏着一只小碟子，一面把玩，一面走向Abner，我叫他，我说Abner老板，Abner老板……我一连冲他叫了五六声，他才停止了歌唱，但他意犹未尽，手里的雪茄继续敲击着手掌。他看了看我，脸上的笑容立刻收起来，不高兴地说，“干什么？去去去，赶紧打扫卫生”。我站着未动，也板起了面孔，一扫往日唯唯诺诺的样子，提高了声调，有意要让周围的人听到，然后郑重其事地说：“Abner老板，你不是答应圣诞节给我们发工资吗？我现在就要求你立刻发给我们。”我说得斩钉截铁，丝毫不容他反驳。可是这个狡猾的无赖，把早就想好了的说辞，立即抛了过来，“后天吧，明天给你们放一天假，后天上工一分不差地全都补发给大家。现在抓紧时间，把今天的工作干完。”

Abner说完，装作若无其事的样子伸了个懒腰。

我知道，接下来他又该采取惯用的伎俩，准要溜之大吉了。我提前挡住他，他刚刚抬起的腿不得不停下来，眯起的小眼睛里倏地射出两道恶狠狠的光，“lowness thing（下贱东西）！”他恶声恶气地骂了一句，然后啪地把手中的雪茄扔到我的脸上。

本来我就一肚子的火，没想到这家伙居然敢如此鄙视且欺凌他的同胞，我毫无畏惧，一挥手臂，手中的小碟子嗖地朝他飞了过去。

许是完全出乎他的意料，小碟子不偏不倚正巧从他的手背上滑过，他的手背立刻被划开了一道大口子，鲜血涓涓地淌出来，滴滴答答地流到地上。厨房里的人全都围拢上来，不过没有一个人理睬受伤的Abner，我看见人们的眼神里无不流露着解恨的快意。Abner愣怔了片刻，环顾大家，嘴里嘟嘟哝哝地说着："好好好，你们等着，告诉你们，谁也不准跑啊，我这就报警，让警察把你们全都抓起来。"他果真掏出了手机。

人们吓得赶紧溜走了。

是呀，有谁不怕和警察打交道呢？更何况这是在异国他乡，多一事不如少一事呀。厨间很快就只剩下我们俩人了，我和Abner怒目而视，我发现Abner其实一直没有拨打电话，我猜测也许他根本不敢打这个电话，或许这也是他以前用过的办法——借助外国警察来吓走同胞。正在我们紧张对峙的时候，忽然闯进来一个人，我一看这个人居然是傻Andy。傻Andy可能是从跑出去的人口中打听到了什么，他满脸的愤怒，不由分说，立刻冲上去，一把揪住了Abner的衣领，声色俱厉地冲Abner大嚷道："告诉你，Chink（中国佬），她……is my girl friend（是我的女朋友）！你，现在，必须，把全部的钱……给她，or else（否则），我明天就go to court（去法庭）……"

Abner完全被Andy给镇住了，没想到他在我们面前飞扬跋扈，在英国人——而且还是一个有点傻的伯恩茅斯大男孩面前却如此的胆怯，如此卑躬屈膝。他满脸堆起了可怜的笑，诚惶诚恐地跑去经理室，很快又折回来，毕恭毕敬地把一沓钞票递到Andy的手中。

十二

圣诞节是西方国家一年中最盛大的节日，就好比我们的春节，从12月24号至翌年的1月6号，几乎各行各业都要放假庆祝。

Andy这个傻男孩别出心裁，非要请我出游一天不可，说是要给我压压惊。我猜测这也许不是他别有用心，但难保那个狡猾的老机械师不居心叵测。我本打算不去的，可是看着傻Andy烂漫纯真而又诚挚的眼神，我又如何能说出拒绝的话呢？何况我还欠下了他那么多的人情。我只好和他商量："叫上我的好朋友宋戴儿和'汉奸'一起去可以吗？"

没想到傻Andy非常爽快地答应了，但是他只同意带上宋戴儿。他说，他不喜欢"汉奸"那个人，尤其不喜欢"汉奸"色色地看着女人的样子。我给宋戴儿打电话，宋戴儿一听就咯咯地笑个不止，最后坚决地说她才不去做我们的电灯泡呢。

老机械师肯定居心叵测。

我看见他把他的傻儿子叫去了，父子二人做了几次秘密的谈话，隔着门缝，我无意中听见他竟然说出"porn（色情）"和"kiss（亲吻）"这种无耻而下流的字眼，这分明是担心那个傻瓜不懂不会，在教那个傻瓜嘛。我还偷窥到，老机械师和他的傻女人，在一进到别墅的客厅里，就恬不知耻地看下流成人片，即便傻Andy进去了，他们依然津津有味地看，保不准是有意让他的儿子看到，在成心刺激他、诱惑他呢。更有甚者，老机械师居然买来了一大块红地毯和那么多炸鱼加薯条以及烤土豆，还有著名的爱尔兰黑麦啤酒，有必要这么大张旗鼓吗？不就是随便出去，到伯恩茅斯郊外或者海边沙滩那些所谓的旅游景点玩一天吗？我们平日又不是没去过那种地方。我的胸腔像被硬塞进来一只兔子，每每见到Andy的眼神、Andy高高隆起的喉结和他那薄薄的微红的双唇，我的心就不由自主地怦怦乱跳。

我不知道Andy要带我去哪里，既然他，或者是他们父子“蓄谋”，故作神秘，只字不提，我也就没再“拷”问。我心想，反正伯恩茅斯又不大，反正是骑车，我就老老实实地跟在他身后，难道他还能把我拐到天边不成？

雪后的伯恩茅斯，空气更加清新、湿润了。阳光的亮度似乎也比平日陡增了数倍，积雪已经全部融化，但路面仍有些湿滑。Andy骑着自行车，这天他显得特别兴奋，单薄而细长的身体，总是抑制不住地在车子上夸张地晃来晃去。他一遍遍催我，叫我快些，再快些，和他并排骑。八九点的阳光照在他的脸颊上，他的腮边已经长出一层细密的胡须。大部分伯恩茅斯人均躲在家中过节，路上的行人和车辆相对稀少。我们一路穿街过巷，向市区的正西方向直行下去，不知不觉中，我们竟来到了郊外。啊！伯恩茅斯不愧能获得四季如春的“花都”美誉，即便是在冬天，大片大片的辽阔田野依旧是绿茵茵的。

牛群和羊群点缀在绿茵茵的田野上。

我们放慢速度，徜徉于田野，继续西行。天高，云白，地阔，赏心悦目，心旷神怡。我们慢慢地靠近西边的大海，淡绿色的辽远的草地，宽阔无边的水域一片寂静，灵动的马达声，似海的鼾声。水很蓝，是蓝藻的蓝。星星点点的游艇，宛若欢快舞蹈中跃出水面的浮鱼。哇，好一条石岩，横空出现在我们面前，奇特，壮观，美妙绝伦，长长的，略弯出一点弧形，白得耀眼，映衬在蓝天碧海绿树间，像巨型的骆驼，飞奔的骏马，还是游动的蛟龙？对，它应该更像是一条游动的蛟龙！我的眼球一下子被它吸引住了，我再也抑制不住自己内心的亢奋，伸出手用力拍了一下Andy的肩膀，“Andy，Andy，我在学校里，常听他们称颂石岩，难道这里就是吗？”

Andy抿嘴笑了一下。

我们下了车，来到石岩边，Andy用手指着横卧在海水中如同蛟龙一样银光闪耀的石岩，依然用他那拙劣的汉语骄傲地说：“是，这就是……人们所说的……那道石岩。伯恩茅斯的石岩，世界上著名的、独一无二的石岩，你，知道，它卧在……这里多久了吗？据史书记载，它已经有……6500万年的历史了。”

我瞪大眼睛，嘴巴张大，恨不得立刻就冲进这壮美奇观的怀抱。石岩上有一条窄窄的小路，那小路跟安徽黄山的“鲫鱼背”非常类似，只是“鲫鱼背”两侧乃是海拔数千仞的深谷，而石岩两侧则是数丈深的海域。我忽然想起了郭德纲的相声，他说，从高楼上跳下去是“啊——啪”！我想，如果不小心从石岩上掉下去，准是“啊——咕咚”！但是，不管有多么危险，我还是要登上石岩的，因为立在石岩上瞭望大海，你说，那感觉该有多爽！

Andy背着小型旅行包，一只手拉着我，我们小心翼翼地前行。我不时地发出一声惊叫，Andy几乎把我揽在了怀里，我感觉到了他的体温，感觉到了他的呼吸，我的心开始澎湃、荡漾，面颊顿时一阵阵地灼烫。我们终于走到了一处略微宽敞、平坦的地方，停下来，Andy卸下旅行包，打开，从里面取出红地毯铺在石岩上，又取出炸鱼加薯条和烤土豆以及爱尔兰黑麦啤酒，放在地毯的中央。他叉开双腿，一下子仰躺在地毯上，闭起双目，做了一次长长的深呼吸。我站在毯子的边沿，不再敢看Andy。我看大海。太阳已升到了穹顶，这是一个无风的日子，伯恩茅斯很难见到完全无风的天气，海面平静得如同一面无边的大镜子，但我却止不住地心猿意马……

十三

我搬进了学校的公寓里，宋戴儿也搬了进来。圣诞节过后，有些“小留”辍学了。宋戴儿和我住进了同一个房间。她挨着门，我挨着窗。一见面，我俩就高兴地来了一次热烈地拥抱，宋戴儿还狠劲儿吻了几下我的额头。“汉奸”听说此事，第一时间跑过来慰问我们。“汉奸”还非要为我俩开一次party，以示庆贺。他拿出钱来，吩咐宿舍管理员，为我们做比萨饼并准备咖啡，我们俩感动得就要一人赏给他一个轻吻了。可是，我们突然发现了迈塞勒，迈塞勒从楼道的尽头，正迈着舞姿一样的步伐款款朝我们走来。原来这个狗“汉奸”竟是拿我们俩当幌子，找机会进一步亲近迈塞勒。

自从那天下午“汉奸”胜利了一次之后，天生喜欢运动的迈塞勒几乎成了他的粉丝，她常常追着他，动不动就央求他，能不能把那些他与姚明的合影照片签上他的名字赠给她几张。其实，我们所有中国“小留”都知道，那些照片肯定是“汉奸”花钱找人用电脑制作的，他哪有机会与姚明照那么多合影？或者，姚明哪有那么多闲情逸致陪他一起玩？也就是迈塞勒——这个孤陋寡闻的女孩才会相信这种弥天大谎。她还把上海和闽北想象成两个相互连接的小型运动场呢！不过我们谁都不戳穿“汉奸”，因为这样，就可以把“汉奸”拴在课堂里，也因为这样，他就拥有了两个梦。迷茫的岁月中，有梦总要好过无梦，梦毕竟能给人带来一定的向往。

春天随着我们痴人般的梦悄悄地驾临了伯恩茅斯。伯恩茅斯郊外的田野浓浓一片绿意，市区也如此。可是，我们的内心深处却越来越沼泽。我们每天依然迷惘地忙碌着，上课、打工、打工、上课，周而复始。打工是为了调节乏味的生活，使我们更像个大人；上课只是一种彷徨的等待，类似于监狱里服刑的犯人。

某个周末，T突然给我们布置了一项作业，要求每人必须完成一篇文章，并强调说这篇文章其实是为了给我们每个“小留”的语言课最后定成绩做个依据。文章规定了严格的范围，就是对伯恩茅斯郊外的任何一家农民做一次生活纪实访谈。这一下可愁坏了我们，我们哪都不认识，谁家都不认识啊，难道让我们硬闯进谁家，向人家说明情况，然后进行访谈？我们看见T把迈塞勒叫到了楼道里，我们知道T肯定是在指点迈塞勒，或者干脆承诺迈塞勒，说不用她做了，他会把一切都给她办妥也说不定。我们期待着迈塞勒。但是，回来之后的迈塞勒，其脸色告诉我们，指望她，此路是万万不通的。

放学的铃声响了，我们谁都没有离去。我们一起商讨双休日的行动，有的说闯就闯，不闯咋办？有的说，要不，进到某个村落，先在村街上向人打听，和人闲聊，看哪户人家热情，我们就进到谁家。英语好的，当然可以，英语不好的，怎么和人家闲聊？宋戴儿看着我，“汉奸”也看着我，我从他们坏坏的眼神里窥出，这两个家伙一定是在打我的主意，打Andy的主意。我知道一旦Andy做了我们的向导，一切自然就会顺风顺水，而且我还知道，假如我给Andy打了电话，那么他肯定会百分之百愿意。但是……但是那势必要勾起那傻小子过去的所有情愫。唉，其实在石岩的那日也怪我，谁叫我非要在临回家之际主动送给他耳际一个香吻呢……

我嗔怒地瞪着宋戴儿，瞪着“汉奸”，我警告他们：“别打他的主意啊，我坚决不会同意，誓死也不会那么做的。”可是，他们看着我的眼光却缓缓地由我的脸移向教室门口。那眼光本来是带着鬼笑的，可随着视线的转移，渐渐换成了一种尴尬。他们慢慢地起身。我回过头，啊，我看见了Andy，那傻小子不知啥时居然已来到了门口。我的脸腾一下滚过一层热浪。我低着头，红着脸朝门口的Andy走去。

Andy退回楼道里，他腼腆地轻踢着自己的鞋尖。我问他：“你不是答应永远不再找我了吗？怎么现在……”他继续踢着鞋尖，白皙的脸似蒙上了一层红纱，嗫嚅着：“我……我……你们明天，是不是，要去郊外访谈？”

我说：“对呀，可是你怎么知道，这是今天下午才通知的呀？”

Andy的脸更红了，成了猪肝色。

噢，我蓦然明白了，原来这傻小子虽然表面上不再来找我，但私下里一刻也没有停止过对IB 2－4的关注，对我的关注。我的心底被哗地注满了幸福。

十四

Andy做了我们的向导。

我们一行五人，Andy、我、宋戴儿、“汉奸”和迈塞勒，每人骑着一辆自行车，迎着早晨暖融融的灿烂朝阳向东驶去。

这是Andy的主意，他说，虽然市区有很多通往乡下的Yellow bus，但那些车辆并不能保证永远那么准时和及时，而骑自行车则相当便捷。

我们边行边聊，“汉奸”喧宾夺主，强抢了Andy的位置，几乎成了这个小组的主角。这家伙可逮到了好机会，一路上把他喜欢吹牛的本领展现得淋漓尽致。他跟迈塞勒吹嘘中国的乒乓球，吹嘘跳水，吹嘘女子举重，吹嘘刘翔，吹着吹着，居然吹起了邢惠娜。他说雅典奥运会万米冠军邢惠娜其实是他的远房表姐，他还拍着自己的长腿说，如果不是他父母给他选错了行，如果他从小就开始练习中长跑，那么世界中长跑冠军就不可能全被肯尼亚和埃塞俄比亚人瓜分，直说得迈塞勒一个劲儿地扑闪着两只美丽的大眼睛。但是，这一次迈塞勒似乎有所不信，迈塞勒用生硬的汉语辩驳说：“不对，不对，我早就听专家分析过，说我们非洲沙漠黑人人种，脚弓最深，腿部肌肉最密集结实发达，是天生长跑的材料，你怎么能说是你呢？”

“汉奸”一下子哑口无言，他懊悔自己竟干了班门弄斧的蠢事。

Andy终于有了说话的机会。他向我们介绍说，英国是全世界发达国家中农村劳动力转移最早、迈向城市化最早的国家，农村大部分人口都在城市打工。别看伯恩茅斯郊外有大片大片的田野，其实十之八九种的不是粮食，更多农村是以畜牧业为主，辽阔的土地上种植的几乎都是马铃薯、亚麻和绿油油的牧草。他认识Gulmtree小镇的一个农场主普斯顿，一年前他随同学们访问过他。普斯顿拥有8000公顷土地、1200公顷林地，管理着18家租赁农场，7家合股农场和5家家庭农场，而每一家农场里，光一个牛场就大约饲养着120头奶牛和700头肉牛，年均可生产260万升牛奶和15万公斤牛肉。但是由于生产全部是由电脑控制，比方说从对牛奶营养状况的测试，到对奶牛的清洗消毒，最后到挤奶量和挤奶的控制，所有劳动都是由电脑来完成的，因此，那么多农场，那么多工作，所有雇工全部加起来才只有70人。

大约中午，我们赶到了Gulmtree小镇。经过长时间的急行，我们都有些招架不住了，一个个饥肠辘辘。在Andy的带领下，我们很快来到一家farmer eatery（农家餐馆）。我们扔下车子，疯了般冲向前去，恨不得把那里的食物全部吞进肚子里。可是，在冲进门口的一刹那，我们全都吓得呆住了，转瞬又都逃了出来。因为我们看见六个“野人”居然逗留在farmer eatery(农家餐馆)的前厅，他们席地而坐，皮粗肉黑，长而肮脏的毛发披散着，满腮浓密的胡须，基本赤身裸体，只在生殖器处围了少许的草制护套，每人手里各抓着一只烤野兔，像森林里的狼一样，正用他们白灿灿的尖牙撕咬着半生不熟的兔肉。

Andy也傻了，但他不相信伯恩茅斯的郊外会有“野人”，更不相信“野人”还能大胆地跑到餐馆里用餐。Andy靠近窗口，将脸贴向玻璃，他看见“野人”的眼神惴惴不安。他还注意到，在通往餐馆后面的过道处，一架摄像机正对着“野人”。

于是，Andy叫住我们。饥饿迫使我们不得不重新走进餐馆。我们小心翼翼地尾随着Andy，Andy冲里面大声叫：“Boss（老板），boss（老板）？”没有人回应。

六个“野人”惊慌失措地站起来，抱着烤野兔龟缩到墙角。Andy又高喊了两声，依然没人出来。他朝“野人”走过去。他说：“Hello（喂）！ Understand me？ Understand me（听得懂我说的话吗）？”

“野人”们贴着墙壁，无法再躲，惊恐万状的样子仿佛要寻个地洞立刻钻进去。Andy还在往前走，他要挨到“野人”了，“野人”的眼神由惊悚转为绝望，绝望之后突然放出了凶光。我刚感觉到不妙，“快回来”几个字还没说出口，就看见两个“野人”以迅雷不及掩耳之势，把瘦弱的Andy麻利地扭起来，踩在了脚下。

Andy被他们踩得透不过气来，在地上奋力挣扎着，同时发出喑哑的号叫声。我不顾一切地冲上去，那一刻我完全忘却了危险。我扑向踩住Andy脖子的那只脚，想搬开那只脚，却没能如愿。我不可能如愿的，因为我的脖子也在眨眼间被另一个“野人”踩在了光脚板下。起初我还能睁开眼睛，我看见迈塞勒恐惧得抖成一团，“汉奸”永远是个可恶的“汉奸”，什么迫在眉睫的危险时刻都忘不了亲近他所喜欢的人，他居然丝毫不把我和Andy的生命安全放在第一位，居然趁机紧紧地抱住了迈塞勒。我听见宋戴儿大声地哭起来，她一面哭，一面大声呼救：“来人呐，快救人啊！”慌乱中她可能意识到喊错了，于是，又连忙改口，接着大声喊：“Help！Help！ Help（救命）……”

渐渐地，我的视线模糊起来，意识也模糊起来……

十五

在南太平洋岛国瓦努阿图，有一个世界上最原始的小岛，叫坦拿岛。坦拿岛位于瓦努阿图群岛的最南端，该岛上生活着卡斯塔姆原始部落的土著人，这些土著人全都居住在泥棚屋中，他们身上一年四季不穿衣服，除了种植单一的庄稼，养猪和狩猎外，平日里就只坐在菩提树下休息。他们从未见过任何钱币，在他们之间唯一流通的“货币”便是猪。他们从来不知道摩天大楼、飞机、汽车、电视甚至是电，现代社会对他们而言，就如同地球人到了外星一样。

这一次，伯恩茅斯“Travel and Discovery（旅行与发现）”电视栏目摄制组，专门请来了坦拿岛上卡斯塔姆部落的六位土著人，摄制组躲在背后录制，把他们放在摩天大楼里，放在伯恩茅斯的大街上……带他们到农村的小酒馆。六位原始部落的土著人，并非像摄制组最初想象的那样见到什么都感觉新奇，而是看到一切都万分恐惧。他们恐惧富丽堂皇的建筑，恐惧眼花缭乱的大街，恐惧奔驰的车辆，恐惧各种声响，尤其恐惧看上去与他们非常不一样的人。摄制组抓拍到了许多有趣的耐人寻味的故事，当然也包括我们在Gulmtree小镇这家farmer eatery（农家餐馆）的危险奇遇。

我和Andy被冲出来的摄制组人员解救下来。Andy的脖子受了伤，我的脖子也受了伤，我们好久都惊魂不定。摄制组人员一个劲儿地向Andy赔礼道歉。Andy完全傻了，直到他木讷地从人家手里接过200英镑赔金，土著人和摄制组全都离去了，依旧未开口说话。

我轻柔地抚摸着Andy的脖子，宋戴儿也走过来帮我揉着，我俩趴在他耳边小声地呼唤他，我一句，她一句，“Andy，Andy……”

Andy渐渐地恢复了神志，我们听见他突然“啊”的长吼了一声，接着问我们：“迈塞勒呢？‘汉奸’呢？”

是呀，那两个人呢？我们这才注意到，同来的伙伴不知啥时已经不在farmer eatery（农家餐馆）了。莫非他们被土著人掠走了？不可能啊，以“汉奸”的狡猾，他才不会让自己陷入“野人”的手中呢。再者，六个土著人明明已经被摄制组领走了啊。

我们忘记了饥饿，忘记了刚才的凶险，从farmer eatery（农家餐馆）冲出来，见那5辆自行车都还在，于是沿着Gulmtree小镇的主街急匆匆寻找着。我们边走边喊："'汉奸'——迈塞勒，迈塞勒——'汉奸'……"此时，小镇上的人差不多都刚刚用过午饭，听到街上有人一路猛喊，纷纷由自家的别墅里跑出来，街口霎时聚集了许多人。人们交头接耳相互询问，但谁也不明白，一个疯狂的英国大男孩和两个东方女孩究竟在搞什么鬼。

我们找遍了主街，没有发现他们的影子。我们跑到bus station（汽车站），仍然没有见到他们。我忽地想起来，真是急瞎了眼了，我干吗不打个电话呢？于是我连忙掏出手机，拨通了"汉奸"的电话。电话嘟嘟地响，可就是没人接听。宋戴儿拨打迈塞勒的手机，但刚一接通，就被人挂断了，再拨打，再被挂断了。我们愈加迷惑，愈加慌乱了。Andy摸着自己的脑门忽然说，我们回farmer eatery（农家餐馆）。

宋戴儿很固执，一路不停地拨打电话，这次是迈塞勒，下次是"汉奸"，轮番地呼叫着。我们重新回到farmer eatery（农家餐馆）。farmer eatery（农家餐馆）已经安静下来，宋戴儿支起耳朵，她突然叫住我们，你们别动，仔细听。我们听见"汉奸"的手机铃声《两只蝴蝶》从farmer eatery（农家餐馆）背面传来，再仔细听，似乎还有迈塞勒与人争吵的声音。我们小心地由侧面小路逡巡过去，迈塞勒的声调越来越高，她一字一顿地说："你放我出去，我们不能置朋友于不顾，那样太不仗义。”

只听“汉奸”假惺惺地劝导她，“不行，我不能放开你，因为无论是你去了，还是我去了，我们都救不了他们，只能是多两个人陷入危险，你没看见那些野人多凶！也许他们还吃人肉喝人血，说不定这会儿夏米苏已被吃了。”

“不会，不会，我不再信你了，你没看见夏米苏都打来电话了，这说明，他们这会儿已经安全了。你赶快放开我，我要去看他们，去安慰他们。”

“不行，我不放，我就是不放，我就是要保护你，不叫你受到任何伤害！”

我们由侧墙站出来，看见“汉奸”把迈塞勒紧紧抱住拥住，紧紧地把她“呵护”在farmer eatery（农家餐馆）的后墙上。

我愤怒地冲过去，乒乒乓乓地打着“汉奸”。

Andy喝住了我！

十六

有人说，或者是为我们办理留学的中介公司极力渲染，在英国上寄宿高中，你无须提供合格的雅思成绩或语言成绩，便可以非常顺利地就读英国的多所知名大学，诸如剑桥、利物浦、谢菲尔德、格拉斯哥、温彻斯特等，与众多诺贝尔奖获得者同享一片知识的海洋。苏护士和夏编辑相当激动，深信了这种空穴来风的传言。不过，如果让我就此全部否定这些传言，那也确实冤枉了部分人。不用雅思确有其事，但并非那样顺利，你必须通过A-Level Exam（高考），而且拿到相应的等级。否则，莫说知名大学，就连最最普通的英国高等学院，你都休想踏入半步。

终于，在我们熬过了那么多彷徨等待的日子后，迎来了A-Level Exam（高考）。但面对决定我们人生命运的A-Level Exam（高考），我们一点都不兴奋，也不存在丝毫的压力，因为我们非常了解自己，像我，像宋戴儿，更别提那个该死的“汉奸”，我们这些就读于英国寄宿高中的成绩较差的中国“小留”们，想通过A-Level Exam（高考），拿到自己理想的等级，只是家长们的一场美丽的梦而已。A-Level Exam（高考）后，那将是我们告别伯恩茅斯，告别英国的时候，也是家长们美丽的梦破灭的时候。

迈塞勒则不然，以迈塞勒平时的成绩，考入伯恩茅斯大学，或英国的其他普通院校，应该是十拿九稳的事。因此A-Level Exam（高考）临近的这几天，这位日本籍的漂亮、性感的埃塞俄比亚妹子显得尤为紧张，她频频地往T那里跑，向T请教各种考前考中的经验以及应注意的一些鸡毛蒜皮的小事。我们都嘲笑奚落她风声鹤唳、草木皆兵，实属一只见识浅薄的井底之蛙！她的身前身后身左身右，已经见不到“汉奸”的身影，好像自从那日，在farmer eatery（农家餐馆）的后面，他被她朝脸上吐了一口唾液之后，他就再也没在她身边出现过，他大约都没有再来上过一次课。

但有一个人似乎比我还紧张，那就是Andy。Andy不再遵守曾经的承诺，虽然学校已经放假——通常英国A-Level Exam（高考）前，学校差不多总要放假两周，但他每天都要跑来IB2-4，放学了还要长时间地停留在公寓宿舍里。而每每Andy一来，宋戴儿就知趣地默默躲到一边。其实Andy和我似乎早没了多少话要讲，在我看来，他只是来坐坐，来看看而已。而且，他每来一次，我们沉重的心情定会莫名地加剧一次。

Andy时不时地就会叹一口气，他再也没有了我在他家居住时的那份踌躇满志，常常闷在我的身旁，不声不响，抱着一本他自己的书，偶尔翻上一页，不知他的注意力是在书上，还是跑到了九霄云外。而Andy离开时的样子，又总是走几步，停下来，再走几步，再停下来……怅然若失的样子，让人心头不禁一点点沉下去。

离A-Level Exam（高考）还有两天，这天下午，IB2-4外面的楼道忽然喧哗起来，我们纷纷拥到楼道里一看究竟。啊，楼道里居然有人明目张胆地叫卖A-Level Exam（高考）的各科试卷，每科试卷最高卖到1000英镑一份，我们不知是真是假。虽然早就听说过英国“高考”试卷有被盗的丑闻，《每日电讯报》就曾报道过，但不敢想象这样的事情居然就出现在我们的教室外。不管怎么，这对我们差等生而言，倘若死马当成活马医，无疑又平添了希望。于是，我们纷纷商量着凑钱，各科都要了一份，然后拿到学校外面，复印成多份，人手一册。Andy冷眼旁观了全过程，但始终沉默未语。我抖着试卷问他，如果这是真的，我就能考上了，难道你不高兴吗？ Andy仍旧缄口。他那阴霾的表情无疑给我泼了盆凉水。

我不再怀有任何侥幸心理。

果然，那些试卷全是假的。

就像我们的高考，一年一度的英国A-Level Exam（高考）很快就硝烟散尽，如同历史长河中一个非常平凡的足迹。伯恩茅斯这座大西洋海岸的美丽城市，那美丽终归是属于别人的，我和宋戴儿等人，再没有什么可以留恋的。A-Level Exam（高考）结束的第二天，我们便打点自己的行囊，乘车前往伦敦。我们不愿意再回首，再停留，一下车便匆匆地直奔机场。直到登上飞机，我才忽然想到一直默默跟随着我们，为我们送行的Andy。于是，我在心里说："Andy，Andy，你是个好男孩，你是我一辈子都不会忘记的男孩，我永远地祝福你！"但是，站在旋梯上，我最终还是没能忍住，还是回首了。我看见Andy的眼里，在明媚的阳光中，流淌着伯恩河一样的潮水，我再也抑制不住，泪水夺眶而出，滂沱汹涌。我高声地朝Andy喊："Andy——Andy——Andy——"

中

海归蚁族

爱 别 离

十七

夏编辑和苏护士来北京接我了。这事儿始料未及，因为我只在昨晚发了一条短信而已。我看见他们站在机场出口的灯影下，高高擎起手臂，正冲人流中的我大幅度摇晃着。

苏护士躲闪着行人冲上来，嘴巴里一个劲儿呼唤“苏苏”。我知道他们依旧抱着我的英国大学梦，他们当然会抱着了，所以我心中刚刚闪过的一点小感动瞬间便飞走了。夏编辑也拥向前，殷勤地夺下我手中的行李箱。我被动地被苏护士紧紧抱住。

家乡城市离北京并不远。我坐在夏编辑的车里，此刻已临近子夜，不过到家恐怕天都亮了。手机这时突然响起来，是Andy。这该死的东西，我才把他泪流满面的样子努力从眼前挥去，他就迫不及待地出现了。

我窥见苏护士的目光警惕地射向我，于是便简单说了句：“到家了，放心吧。”我知道以苏护士的性情，接下来就要开始问这问那了，我不想过早就和他们展开战争，于是挂断电话，斜过身子，一头扎在座椅上假寐。

显然苏护士仍处在她的憧憬和美梦中，她居然一面轻唤着我，一面连推了我数把。我佯装发出轻轻的鼾声。夏编辑说，别打搅闺女了，她肯定又累又困的。

我还真的很快就睡着了，而且睡得很香，等意识再次回到大脑，我闻见了淡淡的腐味，那是我非常熟悉的气息，是被污染的金鱼河常年所散发的气味。金鱼河就在我们怡荷香园小区前，中间隔着大约10米的野山桃林带。太阳还没有出来，静谧的住宅群沐浴在夏季的晨光中。我依旧有点迷糊，任由夏编辑费力地搀扶着我面条一样的身体。他索性背起我，嘴里心疼地嘟囔着，看给闺女困乏的。他背着我走上楼梯，我听见了他的粗喘声。好，就这样，这令我很享受，谁叫你是我的父亲呢？谁叫你们硬把闺女逼到大西洋那个岛上活受一年罪呢？你吃这点小苦算什么？再有，我心知肚明，只有这样才能暂时关闭他们积压已久的话匣子。

他们把我放在床上，盖上夏凉被。这是我阔别了一年的房间，也是我整整单独住了10年的香房，门上还贴着我刚读高中时写的一张纸条儿——美女香房、私人领域，未经允许、不得擅入！尽管这纸条儿从来没能阻止君主一样的苏护士。

苏护士把阳台窗打开一道缝，拉上海蓝色的落地窗帘，二人蹑手蹑脚地退出去，轻轻带严房门。我环视了一圈屋子，淡蓝的床头和床罩，同样淡蓝的三门衣柜以及电脑桌、电脑。哦，一切还都是我自选的东西，还都是原来的位置，依然简约而淡雅，而且看上去很洁净，明显刚刚擦拭过，定是什么都要强的苏护士所为。我长吁一口气，支起耳朵，倾听他们的动静。苏护士似乎去卫生间洗澡了，这是她解乏的一贯的方法，夏编辑好像到了厨房。是呀，天已经完全亮了，今天应该是周四，一个是市档案局《市志》的编辑，另一个是市医院的护士，我期待着他们上班。

怡荷香园1-5-302终于只剩下我一个人，我懒洋洋地走出香房，走进餐厅。夏编辑的厨艺一直是我十分钦佩的，当然这里也少不了苏护士对生活细节的细心筹划，没有她对食材的提前选购，夏编辑也做不来无米之炊。六个田园什锦小煎包、一大盘红椒银芽爆鸡丝、一大碗亮晶晶的稠稠的带肉丁的藕粉粥，让我的口腔哗地溢满了口水。我抄起筷子扑到餐桌上，风卷残云般吃起来，煎包全部吃掉了，粥也喝了个精光，爆鸡丝实在干不掉了，剩下少许。我放肆地打了个饱嗝。

我用手掌轻抚着肚子从餐厅走出来，走到属于我的阳台前。阳光已铺满整个金鱼河，我拉开窗子，夏季的溽热陡然加大了河道的腐臭味，我揉揉鼻子以适应这曾经熟悉的气味。

河面很是平静。记得10年前我们刚刚搬来怡荷香园的时候，这里还属于城市的边沿，河道北岸长有高高的白杨，淘气的我偶尔会站在小木凳上，从窗口伸出手臂，拽那长长的伸展过来的枝丫。而南岸则是与小区几乎同时修建的西祠路，再南面是一座古村落和一大片杂乱无章的野林地。我经常能看到古村落的村民划着小木船下丝网，从丝网上取下捕到的各种鱼。现在，静静的河面上，已然没有了划着小木船捕鱼的村民了。

我心头莫名地产生了一种惆怅，不是为那些消失的村民们惆怅，而是为我自己。唉，从今天，不，严格地说，应该是从前天起，我已经彻底不是个学生了。

我迷茫起来。

十八

不知迷茫了多久，惆怅了多久，我忽然好想宋戴儿和“汉奸”，这会儿俩人也早该到家了吧？虽然“汉奸”的学习很糟糕，但这家伙适应社会的能力的确是让你不得不称赞的。宋戴儿也非常不错。我打开电脑，分别的时候我们互留了QQ号的，我期待能够从他们那里获得某些提示。

“汉奸”果然没有令我失望，他不仅已加了我的QQ,还把我拉进了他和宋戴儿的三人讨论组。两个人都在线，正在热火朝天地聊着，我粗略浏览了一下，除了简单问候，更多的是在议论我，说我这次一定会悲催透了，没有考上英国的大学，和父母之间的一场甚至多场战争肯定是无法避免了。

他们希望能够帮我。

我和两个人打招呼：“嗨，‘汉奸’、戴儿姐，我来了，抱歉啊，令你们久等了。”

“汉奸”还是一贯的促狭，他立刻发来一个痛苦万状的表情：“我的小苏苏，我们才刚刚分开两天，你说我怎么就感觉如隔三秋呢？如果哪天我因为想你把自己想死了，我准会死不瞑目的。这样吧，小苏苏，为了避免此类人生憾事的发生，你现在就发给我一个‘吻’字吧。你就说苏苏吻‘汉奸’哥哥，这样即使我真死了的话也不算太亏！”

宋戴儿嗔怒着顶上来：“滚，‘汉奸’！我们的小苏苏说不定刚刚还在和父母干仗，此刻正在痛定思痛，你怎么忍心还在她身上寻欢作乐？”

我打出一个暂停的符号：“让两位费心了，我现在的确有点悲催和痛苦，不过不是因为你们，而是因为我突然意识到，我们从此将再不是学生了，我们是小海归，可我不想让别人叫我们“小海龟”。换句话说，我不想宅在家里，终生做个“腐女”，我要尽快寻得一份工作，自食其力，不知两位可有什么高招或打算呢？”

“看看，看看，我们的小苏苏一夜之间就长大了，懂得多愁善感了。”

“汉奸”发上来一个嚼着口香糖的自负的表情：“不瞒两位亲，哥早就着手此事了，还在伯恩茅斯的时候，哥就已在人才招聘网注册并遍投了申请，如今一个个面试通知电话正不断打来。请允许哥先卖个关子，哥已看好了一份，而且很有把握，待时机成熟再向你们炫耀。至于戴儿姐姐嘛，请让小弟大胆地推测一下，戴儿姐肯定不着急，东北有一首歌唱得好哇，‘大姑娘美来大姑娘浪，大姑娘走进了青纱帐……’咱们要姿有姿要色有色的戴儿姐什么都豁得出去，寻求一份幸福生活可谓唾手可得，你们说是也不是？”

“‘汉奸’，你找死！”

宋戴儿发来一串咬牙切齿的表情。

招聘网？“汉奸”的做法还真的提醒了我，此前我还在埋怨，我们城市的大街上怎么就没有伯恩茅斯的job center（职业介绍所）呢？我参考“汉奸”的简历制作了一份，但我没法完全模仿他，这家伙居然已经“毕业”于英国的某所大学，还搞到了冠冕堂皇的毕业证。尽管据我了解，那纯粹是一家“野鸡大学”。

我们城市的招聘信息令我很沮丧，只要是我稍微感兴趣的，基本都要求专科以上，这真是悲剧啊！嗯，干脆我也学“汉奸”吧，广种薄收呗。

注册好个人信息，我开始一页页翻找，一家家提交申请。一家名叫“雨枫二手家具行”的机构引起了我的嗤笑。不就是收售各种二手家具吗，我见过，一辆大大的板车，一只响亮循环播放的小喇叭，在我们怡荷香园经常出现。职位，招聘店员一枚。就这也要求大专以上？还要18～28岁年轻女性？怎么看着像征婚呢！月薪才1200元哎，也太少了吧，会有人提交申请？真是滑稽。看来招聘网上也是鱼龙混杂良莠不齐。

床上的手机这时响起来，这么快就开始发芽了？我惊喜地扑上去。

哦，原来是苏护士。

十九

我接通了苏护士的电话。苏护士一改昨夜温柔的慈母相，劈头就训斥我："睡足了吧？吃饱了吧？吃饱了睡足了就不要老是看电视玩电脑，想想自己是哪个年龄段的人，人在哪个年龄段就得干那个年龄段的事。我和你爸供养你，不是叫你整天吃喝玩乐的。"

嗯，这才是苏护士，仅仅不到一天，她就原形毕露了。我不知道班主任 T 在我的毕业信中是如何向他们汇报的，总之她确信我一定能考取英国的某所学院。她继续训斥我，"不管报了哪家大学什么专业，现在就该考虑去书店，购买相关的书籍，赶紧抓时间预习。"

她不希冀我必须弄得什么硕士学位，但最起码要做到顺顺利利地本科毕业。她还说，标配人生不光靠眼前的努力，更重要的是近、长期规划。

苏护士一下把我弄得无所适从了。

我开始想念傻 Andy，他们对我的好哪怕是有 Andy 的十分之一呢，我也不至于如今远隔万里还思念那个傻傻的人。伯恩茅斯现在的时间应该是晚间吧，傻小子在干什么呢？与老机械师和那个传给他基因的家庭妇女在一楼客厅看电视吗？如果待在三楼他自己的房间，这个时间段怎么不给我打电话呢？我悲凉地握着手机，眼前浮现出伯恩河边的那座独栋小别墅，浮现出三楼那间亮着灯光的窗口，我仿佛看见Andy瘦削的身影呆呆地映在玻璃上，他也凄迷地拿着手机，正凝视着别墅前的街道。就这样，是的，完全意识模糊的我拨打了远方的手机号。

我听见Andy立刻接通了电话，但他久久地不说话，粗粗的喘息声一直紧贴着话筒。

“Andy，你说话呀，我是苏苏，你在干什么呢？你怎么了？”

Andy声音颤抖地传过来三个字，“我想你！”接着又是一阵长长的急促喘息声。

我说：“Andy，你说话，我想听你说话……”

这次Andy仅仅多说了两个字：“我就是想你……”

不清楚什么原因，都将尽一个月了，我在招聘网撒了那么多种子竟然一个都没有发芽。我通过QQ求教“汉奸”，他查看了我的个人简历后，嬉笑连连。他笑我纯得实在得简直是迂腐：一个伯恩茅斯大学语言学院的寄宿高中生，无疑是要趁着求学间歇打打短工锻炼锻炼嘛，那些真正要招聘人才的单位怎么会联系我呢？于是我一面拜托“汉奸”也帮我买一个英国“野鸡大学”的毕业证，一面继续不断地播种，我甚至连“雨枫二手家具行”这样的地方都没有放过。

日子于百无聊赖中一天天度过，而苏护士的脸色也越来越难看。某天晚饭桌旁，我接到一个陌生电话，对方称自己是雨枫二手家具行的老板，不过电话那头的声音十分奇怪，尖脆得不管你怎么听，都觉得他只是个大男孩儿。对方说对我的伯恩茅斯求学经历兴趣非常浓厚，还说他自己其实是个温彻斯特的“街孩子”，还保证如果我对他们所给职位感兴趣的话，月薪是完全可以再提高的。

哦，种子终于发芽了，怎么说都是件值得高兴的事。但没料到苏护士的愠怒终于爆发了，她一下把端起的碗蹾在桌子上。

但苏护士不问我眼前的事，反而追问我每天都在偷偷通电话的Andy是谁，是不是个英国佬，问我是不是早就和这个英国佬在搞对象。我也怒了，猛地起身，一下子将筷子扔在地板上。这不仅因为她对Andy极其轻蔑的称谓，更是因为原来她每天都趴在我房门边偷听我的通话。

四目相对，我声色俱厉地回呛她，我大声吼道：“你说得对，他就是个英国佬，我就是在和这个英国佬搞对象！但是我19岁了，无人可以剥夺我这个权利！”

苏护士霍地站起来，同样吼声如雷：“那你跟我如实交代，是不是根本没考上英国的大学？”

我突然呵呵呵地冷笑几声：“好啊，实话跟你说，岂止是没考上，我连名都没报，你活该去吧！”

我噌噌几步回到房间，砰的一声撞上房门。

苏护士的脚步声更为激烈，几乎是冲到门前，并大力将手掌疯狂地拍击在门板上，她拍击一下，就破口大骂一句：“夏米苏，为了准备供你读英国大学的费用，我们连山水庭院的房子都卖了，没想到你竟是个如此不争气的东西，你就是个没有廉耻的小海龟呀！永远是个腐女，永远是这个家的累赘！你叫我和你爸爸在单位人面前抬不起头来，我们的脸都叫你给丢尽了！你给我滚，现在就滚，滚出这个家，去找你的英国佬，让我们永远别再看见你，一辈子都去做低贱的工作，永远做一个下贱的人吧！”

苏护士越骂越激烈，越骂越不解恨，她把自我读高中以来对我的一切不满一股脑儿地全骂了出来，直至我破门而出，跌跌撞撞地逃离家门……

二十

我恨恨地咬着牙，独自游荡在月牙街上，委屈的泪水一直流淌不休。仲夏晚间，汗腥味的热风咸腻腻地骚弄着稠密的车流、人流，骚弄着街道两侧鳞次栉比的时尚卖场，以及霓虹闪烁中那些琳琅满目的商品。然而我却没有一点心情走进某家商店，挑选或者哪怕仅仅是欣赏一下女孩心仪的头饰、颈饰……你们知道的，因为此刻我无论如何也排解不了对苏护士和夏编辑的仇恨。

苏护士，你也太歹毒了吧，还是我的亲妈吗？我接Andy的电话怎么了？没错，那是跨洋电话，他是男孩子，但每次都不是我打的，我只是接听而已，你凭什么就一口咬定我在谈恋爱？退一步讲，就是我真的恋爱了又怎样？我已经是个成人了，你也不应该那么恶毒地诅咒我，骂我懒惰，白吃饭，小姐的身子，丫鬟的命，一辈子只配做一个底层的女人。你还武断下结论，说我糟蹋了近30万元，弄得家里至今负债累累，原来竟是跑到英国给一个伯恩茅斯的傻小子做了一年情人，怪不得什么学也没考上！

这可真是天大的冤枉！在国内我都很难考上，做“小留”就一定能考上英国的大学吗？是你们非要相信中介公司的蛊惑，与我何干？再者，是我执意不肯外出工作吗？我一直在努力寻找呀。还不是夏编辑有事没事就旁敲侧击地敲打，不许我做宾馆服务员、咖啡馆招待、超市导购……是你们一手把我造就成宅女、腐女的呀，完全是你们拉不下面子呀。

夏编辑着实可恶。

男人是什么？本应该是妻子和女儿的天，既然是天，就应该在不同的季节里做出不同的反应，比如春风和煦、雷雨狂飙……但是，他不会，夏编辑似乎永远不会，他只会在我硕果累累的时候，脸上闪现出几丝淡淡的满足的笑，而更多时候，则总是摆出一副冷面孔。他不语，一根紧接一根抽香烟，以及没完没了的声声叹息，仿佛刹那间便会把家里的空气抽干、肃杀、沉闷，让人窒息。是你们固执地把我变成“小留”，我才变成如今一事无成的“小海龟”，为什么还反过来责骂我？母亲情绪失控，女儿这时候是需要父亲站出来说句公道话的。

月牙街是这座城市里最古老的商业街，这里于我既熟悉又陌生。说熟悉是因为它随着我的记忆一起长大，从小学、初中到高中，除了假日我几乎每天都要乘坐592公交车匆匆地穿过它，看着它从一家一户的平房、二层小楼、三层小楼，到如今建起霓虹炫彩摩天入云的商厦；说陌生，是因为我从来没有独自正式地逛过任何一家小卖店，更没有按照自己的想法，随便踏入哪一家大型超市。那时候我的身边永远伴着祖父、祖母，或苏护士和夏编辑。我就像祖父母手中的拐杖、苏护士肘间的手袋、夏编辑腋下的公文包。对了，千万不要误会，我的确成长在这种娇生惯养的环境中，但我却绝不是那种娇滴滴的女孩子，事实上，我的骨子里一直滋生着各种逆反。我常常在祖父母喋喋不休的话语中——吃这个吗？那个喜欢吃吗？或者在苏护士和夏编辑满怀期望、关切的声音里——这个有用吗？那个好使吗？——把视线大胆地停留在那些流光溢彩的饰品或靓丽耀眼的时装上，因为它们仿佛拥有长而有力的手臂，牢牢拖住我的双腿。

是的，我不胆怯，何况我已经19岁，何况我刚刚经历了在遥远、陌生的英国一年的高中留学生涯，那是个多么复杂、自由、开放的国度。再有，我与苏护士和夏编辑吵翻，盛怒之下悲愤出走，一个青春女孩，不谦虚地说也应该是个漂亮女孩，夜晚孤身跑到这花花世界样的月牙街，难道我还怕碰见什么坏人吗？我当然不怕。事实上，在我悲凉无限的心中，不但不怕，偶尔还企盼着遭遇坏人。反正我已不是学生，一无所有，反正在苏护士的眼里我早已被Andy变成了一个不折不扣的"熟女"，那么干脆，就任由某个男人把我强暴成"熟女"好了。我不在乎他是什么人，经常浪荡在月牙街上的痞子也好，来寻欢作乐的农民工也罢，甚至专门在夜晚翻捡垃圾桶的肮脏大爷，总之谁都行。

但是一向歌舞升平的月牙街似乎不能实现我的愿望。

还在18中读高一的时候，就曾听同学们说过，雅居购物广场南侧的鱼肠小街是那种所谓的"地下红灯区"。我不知道它为什么被叫成"鱼肠"这样一个怪名字，不过这并不重要，重要的是，在这个迷离的夏夜，一直处于凄迷状态的我，最终固执而大胆地迈向了那条昏暗且暧昧的街道。

哦，真是好崎岖狭窄的小街，莫非"鱼肠"是因其形状而得名？如果不是身处其中，还真的不敢相信，在我们这样一个中等城市，老城区最繁华的地段，居然会存在如此龌龊的地方，简直与外面的高楼大厦判若两个世界。

我顿了顿脚步，朦胧粉色的灯光里，两条修长洁白的腿微微颤抖。线毛边穗的紫色卡尔文低腰牛仔短裤，白色与深褐色相间的韩款楔型凉鞋，以及经典的浅绿色麦考林条纹蕾丝吊带小衫，难道这一切不都是我感觉最妖媚的吗？不都是我临出走时刻意穿戴的吗？我的凝脂似的酥胸都半裸在外面了，怎么，如今事到临头，反而又胆怯起来了？

我咬咬牙，轻轻打了一下响指，算是给自己壮壮胆，迈步走进粉色的小街里。

我的步态依然是个清纯的小女生，老实讲，我还真的没胆量，把自己装扮成十足的熟女那样夸张地搔首弄姿。我微低着头，眼睛偷偷瞟着鱼肠街两侧。鱼肠街不仅崎岖狭窄，且地势低洼，或因街两侧的类似于平遥古城样的房屋，地平线超高的缘故，使迷宫似的小街深幽得不知拐向何方。但街上的每一家店面，与古旧建筑相比却又显得很滑稽，各个招牌都很时尚：迪吧、爽吧、练歌房、娱乐超市、健身俱乐部……那暗红或粉色的灯光从一面面薄如蝉翼的窗帘间透出来，朦胧地洒在一级级石阶上。真的有熟女。熟女们令人耳热地晃动在暧昧的光线里。只身或三三两两的男人幽灵般在小街上穿行，不时便有某个熟女冲他们招手，她们往往不说话，或只轻轻酥酥地叫一声“先生”，“先生”们便神色诡异地走上台阶。

我好沮丧，走过去，走回来，再走过去，整整穿越了三趟鱼肠街，所期待的事情根本没有要发生的迹象。难道社会真的如此和谐，还是我命运不济?

我疲累不堪，双腿发软，体冒虚汗，也很渴，干涸的嗓子几乎冒烟。我无法估计一个劲儿咕咕向我讨要食物的肚子，还能让我坚持多久。

鱼肠街的另一端出口，竟然是金鱼河。越过金河桥，在对面西祠路上，“兰州拉面”几个蓝色大字，仿佛就是一碗热腾腾地浮着几片牛肉的面条摆在那里，迫使我不知多少次将手指抠进空荡荡的裤兜儿。然而，我身上确实翻不出一分钱。不带手机，完全是刻意的。既然选择出走，而且不打算短时间内让苏护士和夏编辑找到，当然不能叫他们轻易联系上了。但是我干吗不带点钱呢？岂不是自寻死路？我怨怼自己马虎，咒骂自己该死，一屁股坐在金河桥边，望着乌蒙蒙的河水，恨不得一头扎进去。我对着静静的河面疯子般号叫了一声："夏米苏——你找死——"

二十一

"嗨，小姑娘。"

不知过了多久，耳边依稀响起淫邪的笑声，似乎还有手掌触摸我的面颊和胸部。我惊恐地从熟睡中醒过来。三个大男孩站在我身前，一个人的手指正勾住我的蕾丝衫吊带，意图把它拉下来。我斜倚住桥栏杆，一面惊声尖叫，一面去抓拽那只手。然而，不抓拽还好，这一抓拽，因为慌乱，吊带顺势滑落到肩下，那只猥亵的手也顺势捂在我的胸罩上。

我无处躲闪，三个家伙把我堵在桥边。一股猛烈的酒臭味突然冲到鼻息，我禁不住干呕了一下，但双唇迅即便被那张臭嘴捕捉住。我拼命地晃动脑袋，避开嘴巴，可双手此时已被某人钳住。我含混地大声呼救着："救命——救命啊——"但是那呼救声好像根本穿不透这寂静的夏夜，反而刺激且激怒了眼前的恶徒。那只正在揉捏胸乳的手，陡地扬起来，响亮的耳光啪地掴到我脸上。

随着一股灼辣的疼痛，泪水喷泉般涌出。我不敢再呼喊，生怕招来更严酷的报复。我瑟瑟发抖，央求他们："大哥，你们放过我吧，我还太小，还是个学生……"

"学生？哼哼——"一直未动手的家伙突然不屑地冷笑两声。他命令他们把我拉起来，继续说，"什么学生，装纯是不是？想抬高自己的身价吗？我看分明就是个女优嘛！你知道我们是干什么的吗？告诉你，我们是红磨坊影视公司的，走，乖乖陪俺们哥仨拍几部'AV'。"

另外两个家伙霍地把我拉起来。

什么装纯、抬高身价，什么女优、红磨坊，这些我全不懂，但是"AV"我多少了解一些。最初听到这个词条，是从"汉奸"的嘴里，还是在伯恩茅斯语言学院"小留"班的时候，是"汉奸"逗那个名叫迈塞勒的日本籍埃塞俄比亚性感女孩，"汉奸"一本正经地邀请她，说他已经请好了摄制组，请迈塞勒出任女一号，和他共拍一部"AV"。我和迈塞勒当时全糊涂了，还追着"汉奸"刨根问底。没想到宋戴儿却懂得，宋戴儿立刻红着脸拦住了我们，是她趴在我耳边告诉我，说"AV"就是英语Adult Video的缩写，即成人电影，还说这词其实是来源于日本。想想，迈塞勒虽然出生在埃塞俄比亚，但毕竟已跟随她的运动员哥哥在日本生活了数年，那么"汉奸"的戏谑之词岂非别有用心？

我颤抖着，被他们推搡着强拉着，踉跄走上金河桥。我开始后悔，干吗非要与苏护士和夏编辑赌气，非要在这深夜跑到鱼肠小街，还非要鬼迷心窍地等着遭人强暴。事实上，我骨子里绝不是那种随便的女孩。要知道一旦踏上西祠路，被他们塞进某辆出租车，带到他们所谓的红磨坊，那将基本不存在挽回的余地。

稍作冷静，我的脑子里开始风车般旋转，伺机寻找逃脱获救的办法。但是，此时的城市，夜生活已宣告结束，莫说路上见不到行人，就连西祠路上的夜店也都关灯打烊，四周安静得只剩下金鱼河边的草丛中蛐蛐的鸣叫。怎么办？怎么办啊？难道我就只能等待三个流氓蹂躏我？正在我感到万般绝望，泪水再次夺眶而出的时候，身后终于传来另外一个人有力的脚步声。

我心中立刻一喜，大胆地回过头去。

哦，果真来了一个大男人，尽管只是一瞥，尽管金河桥上的灯光比较暗淡，但我还是真切地看清了，来人魁梧的身躯，正像他的脚步一样孔武有力。我焦急地等待着，听见他的脚步声来到了我们身侧，我突然号啕大哭拼命地挣扎起来，并适时扭过头，冲那个人高声叫喊：“大哥，快救救我，救救我呀，这三个家伙是流氓，他们要带我走，强暴我！”

我看见来人突然愣了一刹那，但随后闪电般冲到我们面前，用不容抗拒的口吻命令道：“都给我站住！”其实不用他命令，那三个家伙已然慌乱地稳住身形。来人警觉而狐疑地审视了片刻，冷峻地质问道：“这小姑娘说的可是真的？”

“这个，嗯，大哥您……”

来人倏地一挥手，示意他们闭起支支吾吾的嘴，突然石破天惊般大吼一声：“滚！”

抓着我的手猛地一哆嗦，松开了。后面领头的那个家伙似乎仍有些不服气，跨前几步，大有逼近来人的架势。但是恐怕连他自己也没有弄明白，对方的大手究竟是如何攥住他脖颈的，并且把他高高擎离了桥面，只简单地挥挥手，他便嗖的一声飞出了数米。

三个家伙霎时不见了踪影。

但来人也奇怪地转身离去。

我惊魂初定，赶忙向前追过去。

我一面小跑，一面柔柔地对着恩人的背影说：“大哥，谢谢！谢谢你！”不料，他连头也没有回一下，继续大步流星地赶往西祠路，只冷冷地抛下一句话：“妹妹，你回家吧，别跟着我了。”

回家？你知道我是离家出走的，当然不愿意回去。我依旧继续小跑，尾随着他，一直到西祠路，开始沿着金鱼河一侧东行。我再次开口，不过声音比先前略大了些，“大哥，谢谢你！请你相信我，我是真心的，是打心眼里感激你的。”

听见我再次感谢他，他顿了一下，但仍没有回头，而语气却比前一句更冷了，像冰。他也略微提高了声调，“赶快离开我，告诉你，我不是什么好人，凡是夜间来鱼肠小街的男人都不是什么好人，我刚刚还去嫖娼了。”

我虽吓了一跳，但并没有被他吓住。试想一个离家出走饥肠辘辘的女孩，还能有多少选择呢？

我们不再言语，一前一后，沿着西祠路一阵急行，不多时，来到金鱼河的一座桥梁边。我简单观察了几眼周围的地貌，确定这座桥的名字叫钰华，而钰华桥里面的老街叫估衣街。想必眼前的怪人就住在估衣街上，因为他的脚步丝毫不见迟疑，仿佛根本不存在我这个人一样，径直就走向了黑漆漆的估衣街。仅凭名字判断，这条老街也许为旧货市场。果然，一进街口便可闻见一股浓重的铁锈味道，街边依稀可见一家家凌乱的铁器摊，之后忽见一片较宽阔的空场，更加凌乱地摆放着各种破旧的家具。怪人大哥走到空场边的两间可移动房子前，终于止住了脚步。他突然转回身，问我：“听口音，你就是本市人，深夜不回家，估计是和父母吵架了吧？好，让他们着着急也好。”

移动房的门并没有锁，他轻轻推开，直接把我领到了里间。一只大约 25 瓦的灯泡亮着，阴暗闷热潮湿的小屋子里，居然弥漫着韭菜肉饼的清香。我一眼就看见了电脑桌上的几张韭菜肉饼，此时肚子不顾羞耻地咕咕叫着，也恰好被怪人大哥听到了。他看了我一眼，“哦，”他说，“如果饿了，就吃吧。”

我扑向肉饼，疯狂地吃起来。大约吃到第三张的时候，我才开始注意身处的小房间。小房间简陋得不能再简陋，然而让我不解的是，一张小型的双人床上，居然熟睡着一个大约10岁的男孩。

这男孩是他的儿子吗？那么女主人呢？难道怪人大哥除了这里没有其他的家？他是乡下人？是专门做收售旧家具生意的吗？但是……但是我总感觉不会那么简单。大概是他的眼神，对，他凄迷的眼神总流露着困苦和困惑。

二十二

在怪人大哥家的第一天早晨，严格来说应该算是上午，我被一串噼里啪啦的键盘敲击声惊醒，朦胧中，我还以为是在怡荷香园小区自己的房间，以为是苏护士和夏编辑又在客厅里玩那种自创的不伦不类的运动——苏护士曾经得意地给它取名为“敲竹舞”，还说此套动作的原理依据为《黄帝内经》，采编于佤族竹竿舞和我国传统的民间花会。其实不就是一人手拿一根竹竿，在肘部、肋间、颈部、后背、大腿以及脚底翻来覆去地敲打嘛。这套动作他们坚持练习一年半了，大约在我远赴英国留学之前就开始了。在家里气氛相对和谐的时候，我曾经讥笑过他们，说他们的动作既不雅也不美，甚至都不协调。苏护士则很严肃地驳斥并教育我，说他们的敲竹舞又不是给外人观赏的，管它好看不好看，只要能增强体质，能使身体健康就行。她还强调，为了能让我在英国顺利完成学业，家里已经背负了巨额债务，最无法承受的事情，就是他们二人谁患上疾病……

苏护士非常善于捕捉教育我的契机。

我讨厌大清早就传来的噼啪声响，它严重干扰了我的正常睡眠，因为清晨时分多为我等“宅男宅女”们夜的开端。我习惯性地探出手臂，去触摸身边的另一只枕头。勉强能抵御那种噪音的办法，就是抓过枕头，把它压在自己的耳朵上。但是，我一连摸了几次都没有摸到。我气急败坏，霍地坐了起来，睁开惺忪的睡眼。啊，我被吓了一跳，这是哪里？哦，这是怪人大哥的家，是那小男孩的床……我看见小男孩坐在电脑前，正敲打着键盘。听见身后有动静，他扭回头，冲我甜甜笑了笑：“大姐姐，你醒了？”他站起来，指着餐桌上的韭菜肉饼，“我爸告诉我，说大姐姐很喜欢吃韭菜肉饼，我就又给姐姐新买了这个，姐姐快吃吧。”

我慌忙下床，同时抛给他一个微笑。

小男孩叫凌雨枫，很懂事，很可爱，小大人的样子。我在他的周密照顾下，用他的洗漱用具，在外间小屋进行了简单洗漱。但是我真的没有胃口继续吞咽韭菜肉饼，一则我刚刚起床，没有食欲；二来，老实讲，韭菜肉饼并非我的最爱，昨夜只因太饿了，所以才露出那种令人啼笑的夸张吃相。但是我又不能辜负了恩人大哥和小枫。我一面慢条斯理地吃着，一面听小枫说话。原来恩人大哥老早就出去了，到某个小区看人家的旧家具。小枫还骄傲地向我炫耀，说若不是有我这个客人在，一般情况下，像这样深入住家，需要讨价还价的收购，他都要亲自到场。我惊讶地多次审视着眼前的男孩。对，男孩小枫充其量10岁，他父亲怪，看来他更怪。他会有那种能力吗？收售旧家具，虽称不上什么大买卖，但也需要非常懂得旧家具的材质以及市场行情呀。

一瞥之间，我忽然看清了小枫的电脑屏幕，如果说他的话语使我惊讶，那么电脑上的内容则令我瞠目。我原以为，一个也就刚刚上小学三年级的孩子，执着地坐在电脑前，除了痴迷于各种网络小游戏，断不会把电脑当作一种工具。但是那个窗口上，分明是一张详尽的6～8月份的家具收售一览表。我不敢相信，走近些，揉揉眼睛，俯身细看，啊！没错，就是最近三个月的家具收售一览表，上面填写着家具名称、编号、收购时间、收购价钱、运费加值、预计售出最低价格等。难道……难道他此前敲击键盘就是在制作这张表格？不会吧，这怎么可能？这一定是他父亲所为。但是，小枫此时正好转回身，十根小手指飞快地移动着，娴熟地打出“水晶茶几”四字。我不由自主地伸手拦住了他。

“小枫，告诉姐，你几岁了？”

“10岁，再过两个月零十天就正好10岁了。”小枫说话的声音有点尖脆，有种熟悉感，好像在哪里听到过。噢，我轰的一下记起来了，小枫……雨枫……收售二手家具，莫非他就是昨晚给我打电话的那个号称“雨枫二手家具行”的老板？

会有这么巧的事吗？

我有点狐疑，但不动声色。

小枫抬起头，骄傲地注视着我。

我继续问他:“那你告诉姐，你是不是提前上学了？或者，你因为太过出色，跳级了？你的电脑操作咋那么棒，都会制作表格文档了？”

“哪呀，姐姐。”小枫咯咯地笑了两声，忽又止住，像大人那样叹了口气，伤感地说,“我没有上过学呀。有段时间，我倒是真的很想上学，看见他们背着书包从我们这里经过，心里别提多羡慕了。但是我爸说，我们的户口不在本市，他虽一直在努力，但至今都没有找到愿意接收我的学校。再后来呢，我发现上学还总需要有大人陪伴着，慢慢地也就觉得没啥意思了。”

“啊？！”这一次我不禁愕然。这到底是怎样的一个男孩？他们又该是一个什么样的家庭组合？还有，如果他果真是陌生电话中的人，那他所谓“温彻斯特的街孩子”又是怎么回事？从昨夜到现在，凭感觉，他们的女主人，也就是小枫的母亲似乎根本不在身边，而他父亲，那个很剽悍的男人无论怎么看都很淳朴……难道小枫的一切都是自学的？如果真是那样，那这孩子岂不是神童？

我还在愣怔，忽听小枫叫我:“姐姐，姐姐，你怎么了？”

“哦哦，没怎么。”我这才回过神来。

“对了，小枫，”我继续问道,“你们……你们老家在……在农村吧？”

小枫沉吟了一下，微垂下头，眉宇间居然掠过一丝沧桑。“这个……怎么跟姐姐说呢？如果严格地讲，我爸应该算，你知道咱们市的潭水县吧，我爷爷奶奶是那里的。但是我嘛，我实在不知该怎么算，因为我妈，我至今都不清楚她是谁，甚至是哪里人。自打我记事起，我就一直跟着老爸漂泊，他只告诉我，我出生在温彻斯特。”

“温彻斯特？”我终于忍不住失声惊叫起来。

小枫突然凝神看我，“怎么，姐姐，你是不知道温彻斯特，还是怀疑我的话？噢，我看出来了——”他明亮的眸子滴溜溜闪动了几下，接着小小的身躯竟腾地从电脑椅上蹦下来，扑向我。他居然一下子急眼了，一面奋力向外推我，一面发疯地大声呵斥：“不许你小看我爸，没错，他是来自农村，而且家里很穷，但那都是因为他上学贷款了。告诉你，我爸他当年可是聊城大学一等一的高手，在聊城大学读了两年，因为“2+2项目”，被推荐到温彻斯特大学插读二年级，他是温彻斯特大学的留学生，我的一切都是他教会的！”

他急得像吃了崩豆一样。

我趔趄着被推到外间。

我捉住他的两臂，急着向他分辩，“小枫，小枫，听姐姐说，姐姐没有小瞧你爸，丝毫没有——”我这时嗤地苦笑了一声，是小枫对他爸的简单描述勾起了我心中的全部苦楚，泪花骤然间盈满眼眶，“姐姐哪有资格小瞧你们，其实姐姐比你们还穷，姐姐一无所有。小枫，听姐姐说，你既然出生在温彻斯特，也许就听说过伯恩茅斯吧？其实姐姐和你爸差不多，你爸是个大海归，而我呢，人们都叫我‘小海龟’，姐姐就是那个申请了你们店员职位的伯恩茅斯的小留学生啊。”

这一次轮到小枫失声尖叫了。“啊？”他瞪大眼睛，“真的吗，姐姐？”

我重重地点点头。小枫立刻搂住我，把脑袋埋进我怀里，“对不起，对不起，姐姐……”他开始连声道歉。我的泪水悄悄滴到他头上。

海归哥哥这时赫然出现在门外。

二十三

海归哥哥家的店面招牌很奇怪，当然如果完全了解其管理内幕，自不会有这种感觉；或者一丁点也不知晓，比方只是由此路过，瞟一眼那斜戳在移动房门口左侧的四五米高的白漆木牌——“雨枫二手家具行”，自然更不会多想。但是倘若你得知，“雨枫”仅仅是个10岁男孩的名字，脑子里就必然要打上一个大大的问号。是海归哥哥故意那么做，别有用意？这似乎又没什么意义。我虽然心中有大大的问号，但依然亲热地叫着“大哥”，快步走向刚刚停在空场上的电动三轮板车。

小枫也疾步跟过来。我本想帮助他们卸下板车上刚刚拉回来的床铺，你知道的，因为我现在是离家出走，说不定此处就是我暂时的居所。我试着双臂用力，但是太重了，厚厚的床屉纹丝不动。我抬头去看海归哥哥，令我不解的事情再次发生了——海归哥哥根本没看我，目光怯怯的，一直奇怪地看着儿子，似乎在等待儿子询问，等待儿子批示。小枫来到近前，眉头间骤然蹙起一个小疙瘩，立刻回头，满脸不悦地训斥父亲："我跟你说过了，这种用布包起来的弹簧沙发床，是20世纪80年代流行的东西，笨重不说，一般也没什么好材料，很难卖出去的。多少钱收来的？"

"40。"海归哥哥依旧怯怯的。

"是一共40，还是每个40？"

"嗯，是……是每个40。"

"唉，我的老爹呀，我知道你心地善良，但我们不是慈善机构，做的是买卖，总是像您这样，时时处处替人家客户着想，总认为人家贷了好多款买房子，经济如何紧张，可你咋就不想想，我们如今还没有房子没有家啊，甚至我们的饥荒比他们还多。唉，老爹，道理非常简单，您以后可不许再这样了，记住了吗？"

"嗯。"海归哥哥诺诺地点头。

如果不是亲眼所见亲耳所闻，打死我都不会相信眼前的事实，即便就是此刻我仍旧不敢完全相信，到底哪一个才是大人，哪一个才是孩子；哪一个是父亲，而哪一个又是儿子。我愣愣地看着眼前

“本末倒置”的父子，实在不知该做些什么。好在有那个神奇得令人匪夷所思的小枫，这孩子思路清晰，有条不紊，只听他继续吩咐他父亲：“老爹，这样吧，你把这两个床铺拆开，卸下里面的弹簧，因为现在废铁的价格还可以，我们拆成光板床和废铁分着卖，也许不至于赔钱。哎，对了姐姐，你不是在我们这边提交过店员申请吗？如果愿意的话，你就留下来吧，在我们这儿做个短工。反正我们眼下正招人手，按照网上开出的条件，包吃包住，每月给你1200，不，就给你1600吧。”小枫的眼睛这时滴溜溜转了一圈，“老爹，你没意见吧？”

“好，好，只不过，只不过……”海归哥哥惊喜的目光中略带一丝踌躇。

我喜上眉梢。

估衣街虽然并不偏僻，但相对月牙街而言却显得很萧条，一般来此的大体为两种人，要么是本市的乔迁户，需要处理一些废弃的家居物品；要么就是一些比较贫穷的乡下外来户，初来这个小城，打算在此暂居、谋生。他们往往租住在老城区尚未改造的平房内，自然要购买这些廉价的生活用具。而苏护士和夏编辑，基本属于那种将来要老死在怡荷香园小区的稳定市民，即便是发疯了，恐怕也不会把寻找我的脚步踏上这估衣街，所以我可以安静快乐地度过一段自己的时光了。

凌云志父子看上去更是快乐，按照“经理”小枫的吩咐，我们分头开始了自己的工作。我拎来一桶清水，用抹布逐一擦拭空场上的家具。小枫的理念是，虽然都是旧家具，但干干净净总比灰土遍布更受顾客的青睐，自然有利于提高出售价格，同时还能缩短每件家具在此停留的时间，从而加快资金回笼。

凌云志的快乐不仅表现在眉开眼笑上，或许是大千世界芸芸众生，两个邂逅的人竟有着一段相似的经历，所以他的嘴巴变得如此爱说。当然了，他不像我们这些由家长一厢情愿、独断专行，通过中介公司办理出去的小留学生们，留学对他而言，确实是人生中值得骄傲的片断。他一边忙碌着手中的活计，一边陷入对那段美好时光的回忆中。

他说温彻斯特和伯恩茅斯都属于英国南方的城市，而且两个城市距离较近，他不但去过温彻斯特大学，也去过伯恩茅斯大学。当时两校实践交流，他还在那所学校听过一周的课。他还说，其实伯恩茅斯大学不仅从环境上要强过温彻斯特大学，就是各个学院的硬件设施也比温彻斯特大学强。

根据小枫的年龄，事情应该时隔十一二年了，而且仅短短一周的逗留，凌云志竟然还能清晰描绘出伯恩茅斯大学的图书馆、阅览室、机房、健身房、戏剧社、体育场以及露天泳池等诸多公共场所，而且在滔滔不绝说起这些的时候，他眉宇间显露的兴奋表情就如同一个纯真烂漫的大男孩。

相反，我离开伯恩茅斯还不足60天，但伯恩茅斯的一切却恍如隔世，就像很久以前频繁做的一个凄美模糊的梦，梦境中时而清晰的，只有那条波光粼粼、弥漫着淡淡海腥味的伯恩河，以及伯恩河边那座宽敞独立的三层小别墅。不是因为我寄宿在那里将近一年，而是在这个极普通的英国寄宿家庭里，有一个同样也在伯恩茅斯语言学院读高二的本土男生，正是他，在我A-Level Exam落榜黯然回国后，经常给我打越洋电话，最终激怒了苏护士和夏编辑。虽然那个高高瘦瘦白白净净的Andy确实很爱我，每天上学放学他都朝夕相伴，我们一起骑车穿越伯恩茅斯最繁华的pedestrianised street，我也的确被他的爱所感动，但是，我真的没有和他谈恋爱。我扪心自问过，也把自己的答案诚实地告诉过宋戴儿，我只是稍稍有点喜欢那个憨厚得略显傻气的男生而已……

Andy在做什么呢？

我不能破坏凌云志的兴致，那将会显得很无趣。无论什么时候，通常在外人面前我都会表现得很礼貌。我间或插上一两句议论，偶尔也会问一句有关他在温彻斯特的事情。我尽力装出兴趣十足的样子，告诉他我们曾经前往拉塞尔考茨艺术画廊，观赏现代与传统各类名画，给他讲述去参观著名的罗斯西博物馆和冬日花园大厅，以及去游览风光独特的New Forest（新森林）。我绝口不提小枫的母亲，以免尴尬，因为我已隐隐猜到，那一定是个给凌云志造成颇多伤害的女人。

我们“一见如故”的交谈，被小枫完全看在眼里。我是突然发现小枫的，他小小的身体竟然一直隐藏在门框里面，偷偷听我们谈话，偶尔微微探出一点目光，那目光则更加奇怪，不但神秘，而且诡谲。这个精灵鬼怪的孩子后来发现我看见他了，立刻装作若无其事地走出来，礼节性地和我搭讪着，却突然换了称谓，他居然管我叫“米苏阿姨”！

人小鬼大，这孩子究竟有何用意呢？

二十四

我失去了和Andy的联系，也失去了和宋戴儿、“汉奸”的正常QQ聊天。诚实地说，我一点都不喜欢“汉奸”，不过尽管如此，在伯恩茅斯语言学院高中部的中国留学生中，回国后与我保持联络较多的除了宋戴儿便只有“汉奸”。我指的当然是在英国A-Level Exam中的落榜族，那些榜上有名的同学自然不屑与我们为伍。

其实失去联络也没什么打紧，“宅女”也好，“腐女”也罢，总之在现实生活中我早就没有了任何朋友，宋戴儿和“汉奸”，甚至Andy，充其量也就算我在虚拟世界中比较了解的网友。此刻我之所以更加挂念他们，完全是因为苏护士和夏编辑。是的，苏护士和夏编辑的许多观念我无法接受，但我清楚，他们的动机一定是好的。父母都渴望自己的子女社会地位显赫，生活条件优越，前途无忧。所以暗地里我从来不忘为他们祈福，祝他们平安，我绝不是那种任人唾弃的不孝女，这次离家出走纯粹是一气之下的较量。

但我不能轻易认输，我要了解他们的现状。

随着时间缓慢推移，我开始不由自主地分析他们的想法——娇娇女离家出走一定把他们急坏了。不过以苏护士的性格和睿智头脑绝不会急乱了方寸，正如她平日里一贯的持家理念——居家过日子就是变戏法，无论如何不能变砸了，否则会授人笑柄，所以苏护士绝不会刚开始就大张旗鼓。一天一夜，哪怕是两天两夜，她也不会失去理智跑到电视台或报社刊登寻人启事，她才不会让同事们得知此事呢！会报警吗？这个无法推测。但苏护士在打遍了所有亲朋的电话以后，一定会聪明地打开我房间里的电脑，登录我的QQ。那个QQ历来不用输入密码，都是自动上线，她能查看历史记录，获悉好友留言，当然也能给对方留言，甚至直接对话，说不定此刻她已求助“汉奸”和宋戴儿给我留言了呢。

然而，非常无奈，我身无分文，无法钻进西祠路或月牙街的某家网吧，去获取一些可能已经存在的信息。我不好意思向凌云志开口。也许你会问，不就几块钱的事吗？雨枫二手家具行不是有电脑吗，难道不可以联网吗？是的，你的疑问全都在理。但是雨枫二手家具行的奇怪，或者是男孩凌雨枫的奇怪，要远远超过我前文给你的描述。事实上，这家刚刚起步不久的二手家具店，一切财政大权都掌控在小枫手里，甚至凌云志10块钱的支出都要向他汇报。还不仅如此，他的成熟也远非一般人能够想象的。此前我是这里的不速之客，现在是短期工，随着身份的改变，他对我的态度也立刻发生了变化，虽然嘴中仍旧一口一个“米苏阿姨”，但那语气，那面部表情，时刻不忘把一个小老板的姿态拿捏得恰到火候。我需要挣钱，需要一个可以委身的地方，起码一段时间内必须这样，否则我就无法在与苏护士和夏编辑的较量中获胜，因此必须做一个好员工。

好员工自然不能上班时玩电脑。

我终于盼到小枫和凌云志一起出去了，目送二人的电动三轮板车开出估衣街，我迫不及待地跑进房内。我并不担心此时有购买二手家具的客人光顾，因为小枫已经把那些家具的最低出售价格，按照编号打出了整整几页A4纸，这使我独立迎接客人变得相对简单。记得我接过那几张纸时心里还在疑惑，既然他做每一件事都会精打细算，干吗还非要到外面花钱把它打出来，是怀疑我操作电脑的能力或准确性？这未免也太小儿科了吧！唉，直到我真正坐在他的电脑前，才发觉想法幼稚的是我而不是他，原来那电脑竟设置了开机密码，我根本无法打开。小小的孩子，心思缜密得竟如此可怕。

我当然不愿就此止步。

那密码会是什么呢？也只能赌一下我的命运了。雨枫二手家具行，我稍加思索，第一个想到的便是店面招牌的拼音首字母，因为这似乎是很多人设置密码的习惯，或者再加上一些与个人相关的数字。我把“yfesjjh”打上去，双手合十，默默祈祷，然后“啪”的摁了一下回车键。哇，果真就这么简单，巧合得简直令我难以置信，看来我的运气还不算太糟糕。

但是我没有急着直接登录我的QQ。我看了一下时间，下午15：37，哦，粗粗推算，我已经离家60几个小时了，苏护士或夏编辑也许此刻正坐在电脑前，瞪着眼睛盯着屏幕吧？对，坚决不能让他们发现我曾经上过网，不能叫他们察觉有关我的任何蛛丝马迹。我快速申请了一个新QQ号码，用这个号码加“汉奸”，加宋戴儿，附加信息“夏米苏”，以免他们拒绝。我知道这两个家伙在这个时间段一定在线，果然他们立刻通过了。

两人几乎同时向我发送了窗口抖动，弹出了“汉奸”的对话框，也弹出了宋戴儿的。

“汉奸”永远都是那副促狭得让人讨厌的嘴脸：哈哈哈，我的宝贝儿，乖乖女终于和他们发生战争了？

宋戴儿在我面前则总不忘摆出大姐姐的架势：不用怕他们，小妹，我们用不着让他们养，来找姐姐吧，姐姐教你怎么轻轻松松赚大钱，快快乐乐活好每一天。

呵，果然不出所料，苏护士已经通过QQ找到了他们。首个回合总算稍胜一筹，一股快感霎时蹿上心头。

但是……颇为奇怪，我嘴上虽然痛快地喊了一声“Okay”，食指却莫名其妙地分别在二人的对话框里匆忙回道：“他们……他们是不是已经急坏了？”

顿时遭到两人潮水般攻击。

“纠结！看来，小妹的精神受煎熬得还不够。”

“亲，你真够破碎的！继续回到他们身边吧，磨难不够，难成正果。赶快消失吧，你妈在喊你回家吃饭……”

看到两人都说“你妈在喊你回家吃饭”，我忽然有种无地自容的感觉，双手颤抖，长时间无语。

估衣街上似乎传来某种车辆的引擎声，我慌忙关闭了电脑，起身，平复了一下心神，若无其事地走出移动房。一律低矮古旧建筑的估衣老街，稀稀拉拉歪七扭八的几棵树木，放眼望去，一家家杂乱的铁器摊，里出外进占据着近一半的路面，在仲夏下午酷热的阳光中，就像一座座正在熊熊燃烧的大土炉子，使明亮耀眼的空气中跳跃滚动着一波波的热浪。没有，没有小枫父子二人的板车，也没有来寻求购买旧家具的人。我的身体仿佛被骤然间吸干了水分，脑中空白，目光呆滞，凝望前方不远处一片慢慢飘零的枯叶，左右摇摆着，缓缓地，无声无息地落到地面。

二十五

估衣街是官方的称谓，地图上的称谓，据说以前这里也曾是我们城市比较繁华的商业街，卖服装的，卖布料的，古玩玉器、钟表字画、典当行应有尽有。但是后来，随着一个个小区和诸多高楼大厦在外围的拔地而起，那些商户陆续搬离了此地。如今，人们都通俗地称之为“破烂儿街”或“破烂儿市”。来此谋生落地大约半年之久的凌家父子，原来竟是这破烂街非常有名的人物。从西祠路一头的钰华桥走过来，只要是这老街上的人，无论是现在的商户，还是本地住家，几乎人人都认识他们。

人们熟知没有母亲的男孩凌雨枫出生在英国的温彻斯特，不但汉语说得好，英语也说得相当流利；人们熟知从潭水县长大的凌云志是山东聊城大学出类拔萃的高才生，在英国留过学，获得了温彻斯特大学经济学学士学位，大约两年前回国，曾考取潭水县的公务员，工作在潭水县天潭经济开发工业园区，专门负责园区规划和招商引资。后因向县领导多次书面提出关于园区管理的108条意见和建议，并强烈要求付给他年薪50万元被拒绝，导致凌云志愤然辞职。不过几乎没人相信这最后的说法；相反，人们反倒非常统一地认为，只懂学术，而精神还依稀受了一点什么刺激的“海归蚁族”凌云志，百分百是被潭水县相关部门开除的。

破烂儿街自家没有起伙的商户以及杂七杂八人等，一般都到大约处于中间位置的那家名曰“实惠坊”的露天餐馆完成一日三餐。当然若赶上心情好，比如今天赚了一笔，或突降其他颇为喜悦的事情，也有可能沿街行至另一头，到与幸福道菜市场形成的丁字路口处，大摇大摆走进“泰富裕火锅烧烤园”肥吃海喝一通。通常，人们见到凌家父子，都先和小枫打招呼，只是没人管他叫小枫，也不叫凌雨枫，人们都叫他“精豆大人”。此绰号并非调侃，你可以通过他们喜欢的语气，以及眉宇间的赞许表情，得知这里的人们是非常尊重甚至是钦佩他的。但对“精豆大人”的父亲，人们躲躲闪闪的目光中流露的往往是同情，甚或怜悯，所以也几乎没人和一贯少言寡语的凌云志开不恭的玩笑，自然也怕无端招来伶牙俐齿的“精豆大人”一顿不顾脑袋屁股的英汉掺杂的揶揄和怒骂。

据说不久前，一个在读的大学生趁着假期在雨枫二手家具行做短期工，其实他也许是无意的，竟然和前来找他聚会的几个高中同学，一面用右手拇指和食指垂直比画成“L”型，一面说：“我们的老板，是个海归，‘庐舍’（Loser，失败者）了。”不知是因为说这种时下流行的网络语而自鸣得意，还是因为别的，他说“庐舍”一词的语气特别夸张，惹得旁边的小枫血脉偾张。小枫一个箭步窜到他面前，高高跳起，小手指指着他，几乎戳到那人鼻子上，声色俱厉地质问他：“你说谁失业呢？说谁窝囊呢？谁又是失败者？那好，你听清了，我现在就让你‘庐舍了’！”说完，他疯了般跑进移动房，旋即，又旋风般跑出来，一扬手把两张百元钞票凶巴巴地扔到那人身上，最后歇斯底里地咆哮道：“滚——你这个Loser！ Shit！”

“Shit”是小枫的口头禅，他盛怒之下喊“Shit”，心花怒放时也喊“Shit”，只是声调不一，表情各异。不难想象，蜗居在温彻斯特一隅，一个长期失去母爱的男孩，当然很容易从街上的坏孩子堆儿中沾染上某种恶习。

这天下午小枫父子姗姗来迟，路灯都已经若隐若现地亮起来，我才看见他们的三轮板车从钰华桥方向开过来。我站在路中央，迎接他们，其实我已经不知多少次这样跑出来，向破烂街两头张望。我原以为他们一定得拉回来大批旧家具，这么晚还不得把本来就不大的板车装得像山一样？我必须要表现得更勤快些，力所能及地干好自己的工作。

但是完全出乎意料，那板车上竟空空如也。车子尚未停稳，就听小枫一连喊了三声“Shit”。光线暗淡，我无法通过表情判断他是喜悦抑或烦闷。他从板车上旋风般跳下来，一面雀跃着向我这里小跑，一面亲昵而且听上去似乎还略带撒娇似的叫着“米苏阿姨”。他一直跑到我身前，牢牢抓住我的手。

“米苏阿姨。”他继续叫着。是的，那声音的确是在撒娇，就像一个十分乖顺的孩子幸福而满足地捉住了宠爱他的母亲。

我感到了一丝温馨。同时，我不由自主地把女性那种天生的慈爱，沿着紧紧相连的手臂传递给他，传递给一个本就应该如此快乐乖巧的10岁男孩。是的，他不过才10岁，再怎么说，10岁也不应该成为一个世俗男人。然而，我们之间的温馨仅仅维持了不过数秒，小枫便好像意识到了什么，迅速抽走了手臂，回复到平日“精豆大人”的举止。

他轻咳了一声，有模有样地站在我身侧，直到凌云志愣头愣脑地奔过来。“爸，”他这才一本正经地说，“您看，今天是我米苏阿姨第一次单独照看咱的家具行，很辛苦，所以，我的意思是，您不用去实惠坊买饭了，干脆我们犒劳一下米苏阿姨，一起去泰富裕火锅烧烤园吧。”

“好啊，太好了！”凌云志反倒像个孩子，兴奋得有点手舞足蹈。

“米苏阿姨，我想，你早该饿了，那，我们就快走吧。”

“对，我们就快走吧。”凌云志兴高采烈，已经不顾一切，那种纯真，那种简单，透明得无遮无拦，让你感动之余，会心无旁骛。小枫则一直走在我们后面，约六七步之遥。这个心计颇多的孩子，一定是在故意尾随我们，故意不跟上来。那……他的动机到底会是什么呢？

我听着凌云志说话。他在我面前总那么爱说，总那么滔滔不绝，不过多少有点类似那种更年期的女人，或者也有点类似患上了健忘症的老人，频频讲述的无外乎就是聊城大学、温彻斯特，要么就是问及一些有关伯恩茅斯大学语言学院IB 2－4班的事情。其实有些问题，我都不知回答多少遍了，比如，你们IB 2－4班一共有多少同学？我说18个。他就开始感叹，嗯，差不多。他说，在整个英国，高中寄宿班几乎都是这种情景，每班15 ~ 18人不等，这不像咱们国家，好歹都有五六十人，小班的管理会更人文些。接着他还会问道，那班里还有咱们国内的同学吗？我说：“有，当然有了，而且不仅有，18人中有14个都是咱们中国的。”虽然每次他听到的都是同样的答案，但每次却都像第一次，总是表现出十分惊讶的样子。“啊？那岂不是……岂不是……”岂不是后面准要一阵无语，他会频频摇着头，皱起眉，似乎陷入某种困难的思索过程，但我一直没听到过后文。

我说过，无论什么时候，在外人面前我都会表现得很礼貌，自然不会拂逆凌云志兴趣浓厚的话题。我一面不思考地回答着，一面琢磨着身后的小枫。今天他们赚了一笔吗？显然没有。仅仅是因为我独自照看家具行吗？那绝不能说是辛苦。他们会突降什么颇为喜悦的事情呢？以致令一向“勤俭持家”的“精豆大人”非要跑去泰富裕火锅烧烤园庆贺？想不出，实在想不出。对了，他为什么迟迟不愿追上来？以他的两条小快腿是很容易就赶上我们的，何况我们边说边走，速度原本就慢。莫非……莫非他是在故意给凌云志和我制造什么？那么会制造什么呢？噢，是给他爸制造多说话的机会吧。是呀，小枫不一定懂得健康理论，但他一定知道一个人若是长期寡言不语，毕竟不是什么好状态，谁叫他爸非要固执地把我看成“知音”呢？想到此，我不免对身后的孩子陡增了两分敬佩。我回过头，放缓脚步，像第一次那样，抛给他一个微笑。

这时小枫高兴地赶了上来。

二十六

不是我太过敏感，而是一定出了问题。破烂儿街的人们开始以异样的目光盯着我，尤其是在实惠坊的晚饭间。我窥见人们以那种

“入木三分”的眼光对我进行全方位长时间的“观摩”，而且伴随着叽叽喳喳暧昧的耳语，这让我陡生了不自在和几分惶惑。是因为我与破烂街格格不入的时尚着装吗？不大可能，线毛边穗的紫色卡尔文低腰牛仔短裤，白与深褐相间的韩款楔型凉鞋，以及经典的浅绿色麦考林条纹蕾丝吊带小衫，目前虽然并不普遍，但在川流不息的炎热的月牙街上，你还是可以见到这样装束的女孩。而且，如此着装的我已经数次跟随凌家父子去过实惠坊了，就算多少有些另类，一而再，再而三，不也就习以为常了吗？干吗没完没了地盯视，且越来越甚？抑或是一个女孩的装束一成不变，惹得他们好奇而关注？唉，若果真如此，那我可就毫无办法了。

但“精豆大人”有办法。

这天晚饭后，我站在移动房门口，正一个人呆呆地想心事，想苏护士和夏编辑。以我对他们的了解，即便他们再怎么沉得住气，再怎么好面子，再惧怕被单位的同事们知道家里出了不光彩的事，到了如今这种时候，也该跑到报社和电视台发寻人启事了吧，也该报警了吧。除非他们不惦念自己的女儿，或者已经得知女儿很安全，同时又要下决心，和我真正地较量一番。第一种情形显然不可能，那么第二种……我都差不多混成一只老鼠了，全天候隐匿在破烂儿街，这里没人认识我，没人知道我来自怡荷香园小区，当然不会通知苏护士和夏编辑了。那么“汉奸”和宋戴儿呢？是的，我没有叮嘱他们，但是我坚信，这两个家伙，尤其是“汉奸”，不但不会破坏我的“好事”，而且还会添油加醋，吓唬他们，以引导他们走向各种糟糕的猜测，从而加剧他们的恐慌心理。

可是为何至今没见到寻人启事呢？

我一直在注意电视和晨报晚报呀。

迷离的视线中，我看见凌云志正借着夕阳的余晖，手里握着柄小锤子，像个蹩脚的木工，在空场上为那些松动的旧家具做着简单的加固。我的思绪立刻转到了眼前。哦，我要不要过去呢？其实过去也帮不了什么，唯有使自己的耳朵备受折磨。

我正在犹豫，忽听小枫在移动房内喊：“米苏阿姨，米苏阿姨，你进来一下。”

我心头不由得一凛。他叫我干什么？难道又准备独自出去？可不要啊，昨晚他就一个人去了月牙街，很晚才回来，结果弄得凌云志翻来覆去地和我说他那些事，虽然没有孤男寡女的尴尬感觉，但为了迎合他、敷衍他，我连电视节目几乎都看不了。老实讲，我现在多少有些害怕凌家父子了。怕凌云志一有机会就抓住“知音”，怕“精豆大人”的聪明，因为他的聪明简直就是油滑。

我走进移动房的里间。小枫站在他的电脑前，手里奇怪地捏着两张百元钞票，见我进来，他开始大声喊叫他的父亲：“老爸，老爸，听见没？你也进来一下。”

凌云志拎着小锤子晃到我们跟前。小枫这时拉起我的手，把钞票塞进我手中。我不知道这孩子想要干什么，手下意识地躲闪着。

小枫说："老爸，你今晚陪我米苏阿姨去月牙街吧，帮她挑选两件衣服。"他仰着头，看着凌云志有些迷惑的眼神，加重语气强调着，"记住了，一定要陪着我米苏阿姨，要把她安全带回来。"

"会的，会的。"凌云志很快喜上眉梢。

我抓着钱，一时间竟蒙了，怔在当地。一是这件事实在出乎意料，二是我脑子嗖嗖地转着。他给我钱干什么？真像他所说的，要给我买两件衣服那么简单吗？干吗还非要凌云志陪我？还强调把我安全带回来？疑惑实在太多。我审视着小枫的脸，企图从他稚嫩的脸上寻出一些端倪。然而，那张脸一直甜甜地微笑着，讳莫如深。相反，"精豆大人"倒从我的眼睛里察觉出疑虑，他笑得更甜了，嘴角夸张地向两边咧开，嘻嘻地笑着。"米苏阿姨，嘻嘻，你千万别多想，我是看……看你身上可能没带钱，而且身边又没带换洗的衣服，所以才……"他突然收住了笑容，"这样吧，就当我们提前预支给你的工资好了。"

对，我何必那么谨慎，我已经工作将近一周了，1600元的四分之一，已经整整400块了。再者，他怎么说也就是个小屁孩而已，即便再狡诈，真的设了什么圈套，难不成还会把我卖了？大不了不要工资了，重新流浪月牙街，被到处寻找我的苏护士和夏编辑"捉"回去。捉回去也不一定就算失败呀，我完全可以做好充分准备，重新来一次嘛。我紧紧攥住两张百元钞票，说了声"谢谢老板"，便欢快地往外走。

小枫则急着在我身后叫："米苏阿姨，请你先在门外稍等一下。"

噢，小屁孩还有事？哎，管他呢，反正钱已在手，少安毋躁。我候在门外。一周以来一直没换衣服，一直裹着它们蜷缩在狭窄的小床上，现在终于可以换换了，早已皱巴巴的衣服登时觉得好像黏在了身上。对了，忘了告诉你们，关于我的小床，我还是蛮感激小枫的，因为在我来到雨枫二手家具行的第二天，他就指使凌云志，将原有的床铺更换成两个单人的，而且还在中间挂起了一个布帘。虽然依旧闷热与潮湿，甚至还有可恶的蚊虫叮咬，但真正安静地躺下来，也算是比较温馨了。

凌云志终于走了出来。哇，原来"精豆大人"竟帮他策划了装束。咖啡色T恤，笔直的乳白色西裤，下配枣红色皮凉鞋，使眼前一米八几的伟岸男子看上去成熟且风度翩翩。哦，这也许才是那个自信满满、风流倜傥地漫步在温彻斯特大学校园的凌云志吧。但凌云志略显迟钝的眼神似乎已无法改变，虽然比平时看上去增添了几许活力，但这活力却也更多地暴露了他病态似的童稚。

凌云志寸步不离我，话更多了。

此刻，重新踏上月牙街，我内心不免有些惴惴。我担心苏护士和夏编辑，还有他们的亲朋好友，担心他们其中某些人正在月牙街上四处寻觅。如果恰巧碰上，我肯定要被不由分说强行带回去。我顾不上应答凌云志，干脆任由他变成一个精神病般的自说自话者。我一面走，一面机警地观察着，时刻准备着，一旦看到熟悉的面孔或身影，就立刻躲起来。

我选择了雅居购物广场。其实此刻我一点都不在乎即将穿在身上的衣服的款式、颜色和面料，只要干净，只要能蔽体，当然越便宜越好，这样我才可以剩下更多的钱，以便在稍后及以后的每天晚间，猫进某家网吧。我急切地冲上滚动电梯，凌云志如影随形，有力的大手突然抓住了我的手臂。这意外的动作，使我向他投去惊讶的目光。他陡地松开手。我发现他眼中居然流露出一丝恐慌，迅即习惯性地憨笑，叮嘱我："妹妹，小心点。"

啊？他害怕什么呢？莫非他心里对我有什么想法？哎，不管怎样，有这么个大男人时刻伴随左右，实在是诸多不便。对，我必须支走他。

但是该怎么和他说呢？

稍加思索，计上心来。

二十七

我有点错怪"汉奸"了。在伯恩茅斯大学语言学院IB 2－4班的很多同学看来，"汉奸"的品行极其不端，常常调戏女生，尤其对那个日本籍的埃塞俄比亚黑人女孩——我们的monitor（级长）迈塞勒，那简直就是完全不要廉耻，所以宋戴儿才给他起了那么个绰号。现在想想，死缠烂打日本籍女孩有错吗？何况她原籍是埃塞俄比亚。

再者，只要是一个健康的男人，相信谁都很难抵抗迈塞勒那修长性感的身材，黑中泛亮如同油脂般细腻的肌肤，忽闪的大眼睛，曲翘的长睫毛，厚嘴唇，三七开的无数条小辫子……印象中，“汉奸”为了迈塞勒，甚至到了不顾道义的地步，当然就更不用提什么同学情义了。

但是，此刻我要给“汉奸”平反。事实上他还是很重视同学情义的，虽然言辞中永远也改不了那副促狭的嘴脸，但我不在线的这几天，他居然多次给我留言，而且字里行间的关切之情，真的令我感动。他的留言很凌乱，主要表达的意思有四层：一是，一个女孩子离家出走，一定存在诸多困难，也很可能会遇到什么危险，但为了和父母斗争，他力挺我，所以如果缺钱，我可以把银行账号给他，他先给我打些钱过来；二是他告诉我，他目前已经正式工作了，在闽东福州一家五星级酒店做“试睡员”，基本月薪6000元；三是，他无意中发现了一件令他非常震惊的事，是有关宋戴儿的，但究竟是什么事，需要等我上线后，和他共同做一下甄别；最后一件事则让他感到很困惑，他困惑我父母，也就是苏护士和夏编辑，似乎已经知晓我的下落，起码知道我就在本市，而且好像在做短期工。因为苏护士和夏编辑通过我原来的QQ恳求他，叫他帮忙叮嘱我，说一个人在外面，一定要处处照顾好自己，还说他们已经不再责怪我与Andy的关系，随时迎接女儿归来。他困惑究竟是从哪里走漏了风声。他问过宋戴儿，宋戴儿已坚决否认。

要么怎么一直不见寻人启事呢!

是呀，究竟是从哪走漏的风声呢?

“汉奸”和宋戴儿不可能，我相信他们，而且他们也根本不知道我在本市做短期工，而知道这件事的，就只有破烂儿街上的人。难道是凌家父子与苏护士和夏编辑取得了联系？也不对呀，我只向他们默认与父母发生了争执，赌气离开，却从来没透露过怡荷香园小区，更没说过家里的电话。是苏护士和夏编辑察觉到了我的行踪?更不可能，如果那样，他们早就把我堵在了雨枫二手家具行。

该死的“汉奸”!

也许是这家伙诓我。看看，做“试睡员”，月薪6000元，还“基本”!试睡员是什么?“鸭子”吗?除非是“鸭子”，准是哪家酒店老板吃迷糊药了，神经错乱，要不怎么肯把那么多钱砸在一个手持野鸡大学而且还是假文凭的小海归身上?不过还别说，若论年龄、相貌、性格和体质，“汉奸”还真的挺适合做“鸭子”这样的工作的。

“苏苏亲，看完留言了?”

“汉奸”一直在线，发现我上线了，估计我也看完留言了，马上跑过来戏谑道。

我立刻回道:“鸭子，你的工作蛮幸福哦!”

“鸭子!什么鸭子? Oho my gad（噢，我的上帝)!我的小纯纯，你怎么也这么快就变成熟女了?”

“哈哈，难道不是鸭子吗?”

“当然不是了。哥生活中虽然随便起来简直不是个人，但哥还真的没走到需要做那种职业的地步。”

“哦，那‘试睡员’是什么？”

“唉，小亲亲，亏你这许多日子还一直泡在网上，连这种时尚的职业都不知道，看来你只配待在家里做腐女。告诉你，试睡员属于旅游行业里的一种白领工作，工作范畴就是搜寻全世界最具特色的酒店与最新开业的酒店信息；工作期间要经常入住酒店，不过是免费哦，要进行酒店点评，发表点评内容，收发、回复用户的信件或问题，不定期接受媒体采访；维护酒店博客，分享第一手酒店图片与影片。”

“呀，别说了。”

“怎么，不信？”

“哪敢不信？你是谁呀。‘汉奸’！是日本人开的酒店吧？是不是你梦寐以求的大舅子——迈塞勒她哥不当运动员了，攒足了日元，打道福州开了家豪华酒店？对了，我知道了，准是为那些日本女人来中国旅游做准备，不然，干吗要配备那么多帅哥呢！”

“呦，我的亲亲蛋，蛋亲亲，几个月未见，青涩的果子果然熟透了。之前我还担心呢，担心我们的小纯纯就像花心里的一滴水，既缺乏理性和异于常人的敏锐观察力与感受力，又欠缺尝试新事物的冒险精神。如今好了，这些你都具备了，你也来福州吧，哥帮你举荐一下，这个行业太需要我们的小纯纯——你这样的花姑娘了。”

“去，给我闪远点！”

“对了，‘汉奸’，你不是闽北南平人吗，如何到了福州？是和我一样离家出走的吧？同病相怜，才愿意帮我吧？”

“米苏，不要总把同窗看得那么坏！”

我向他发过去一个歉意的表情。

“‘汉奸’，问你正经的，你之前说，苏护士和夏编辑好像已经知道我的大概下落，是真的吗？”

“绝对是真的。”

“到底咋回事？”

“嗯，请稍等。”

不一会儿，“汉奸”把苏护士与夏编辑用我原来的Q号和他的对话，全部复制粘贴上来，我细细看了一遍，果然如此，果然话语中已十分明确地显示，他们已经知晓我在本市某个地方做短期工。他们说，他们很想念挂念女儿，他们通览了我的QQ好友，查看研究了所有聊天记录，发现我与“汉奸”和宋戴儿的聊天次数最多，内容最多，且最亲近，知道这俩人是我在英国留学期间的同班同学。他们判断，我在外面，只要一有机会，肯定会申请新的Q号，继续与他们保持联络。所以他们恳求“汉奸”，一定要把他们非常挂念我的心情转达给我。他们还说，Andy已经数次来电话了，他都已经急了，不顾尊严地在电话里大声叫着米苏的名字哭出来。他央求苏护士允许他听听我的声音，强调如果再不能听到，他就准备亲自来一趟中国。他呜呜的哭声触动了苏护士……

“汉奸”发过来一个窗口抖动，随后说：“喂，米苏，怎么不说话了？”

……

“那个傻Andy给你弄疼了？”

……

“唉，看来被英国佬俘虏喽！”

……

我长久地沉浸在茫然中。

“汉奸”这时传过来一个压缩的文件包。我点了一下接收，顺便敲出两个字：“什么？”发送过去。

“汉奸”打回三个字“宋戴儿？？？”

后面一连加了三个问号。我不知道那是关于宋戴儿的什么东西。网吧里的网速不是很快，等待期间，我看了一下宋戴儿的头像，头像是黑白的，显然这几天她一直不在线。否则，根据苏护士和夏编辑的说法，他们一定通过“夏米苏”给她留言了，而收到留言的宋戴儿也势必会给新的“夏米苏”留言，但宋戴儿的黑白头像一直是静静的。

她为何不上线？这不是她的性格啊。

文件传输终于完成。我双击文件包，电脑开始自动解压。十数秒过后，屏幕上突然弹出快播窗口。

哦，居然是一段QQ聊天视频录像，一个女孩正在摄像头前大胆地卖弄着……哇，这是什么狗屁东西？该死的“汉奸”！可真够该死的！他怎么能给我传这种肮脏的东西？

一股灼热从腮边滚过，我立刻关闭了快播窗口。稍稍平定了一下心跳，环视网吧里的人，哦，好在没人注意我。我重新把和“汉奸”的对话框点开，准备狠狠骂他几句，但刚刚打出“你这下流成性的家伙，是不是还没有进化完全？”不等发过去，倏地意识到，哎呀，“汉奸”不是说是关于宋戴儿的吗？噢，视频上的女孩真的有点熟悉，莫非真是宋戴儿？

我再次环视了一下四周，不行，眼下的环境是绝对不可以看的，怎么办？稍加思索，我把文件包先发到了自己的邮箱。看来只能等待其他机会了。

关上电脑，又是一阵茫然。

二十八

老实说，我真的没想捉弄凌云志，要怪只能怪他太听“精豆大人”的话，或者是他自己太执拗。我已经说了，要去冲个凉，一个女孩子去洗澡，你为何也寸步不离地跟随着？所以，我只好告诉他，十来天没洗了，需要的时间一定会很长，如果有足够的耐性，就照着一个小时以上等待吧。我故意把时间说得更长些，目的就是想让这个老实人先独自到别处转转，期盼着通过时间差甩掉他。还好，果然如我所愿，二十多分钟后，我从蓝水湾洗浴中心出来，门外已经没有凌云志的影子。一个大男人究竟去哪了？咱当然不需理会。但怎么也没料到，我都由网吧出来，打“板的”穿过几条长长的街道，回到雨枫二手家具行了，凌云志仍在蓝水湾洗浴中心门外，焦急地傻等着。“精豆大人”怒不可遏。

小枫跳着脚在电话里数落他的父亲，数落他脑袋是让门挤了，还是被驴给踢了；数落他那么深奥的经济学都能学得门儿清，为啥生活中遇到一点小事，却经常搞得一塌糊涂；揶揄他，难怪母亲会那么义无反顾地弃他而去；嘲讽他，活该独身这么多年，都没有第二个女人相中他……后来他可能意识到当着我的面如此严厉地批评父亲有多不妥，抑或是喊累了，耳朵磨疼了，于是终于和颜悦色地命令凌云志赶快回来。

凌云志还在稀里糊涂地固执着，我听见他在电话里怯懦地说：“可是……可是，宝贝儿子，你知道的，我答应过她父母，若丢了夏米苏，我怎么对得起他们？”

这弄得精豆大人简直哭笑不得，“我说老爹，难道我说了半天，你一点都没明白？我米苏阿姨早就回来了。真是个呆子！ Shit！”

小枫啪地撂下电话。

啊？！他答应过我父母？看来真的是他？可是他们是怎么联系上的？又是什么时间联系上的呢？

这天夜里，我失眠了。天气闷热，低矮的移动房子里更闷热，似乎正在酝酿着一场大暴雨。我离家出走后第一次洗了澡，辗转在狭窄的小床上，骤然间觉得他们的铺盖黏糊糊的。汗馊味持续弥漫在狭小的空间里。小枫父子这夜突然搬到了移动房外，两人同挤到一张床上。好在凌家的床铺多。其实搬到户外也非常正常，破烂儿街上的商户，在酷暑难耐的夏夜，很多人都睡在街边。但小枫父子的床铺偏偏设在移动房窗前，而这夜，他们二人的情绪又偏偏出奇的高亢。我听不清他们在谈论什么，他们的声音一直控制得很小，接近于耳语。但我又分明能听见他们一直在说话，而且有几次，我依稀听见小枫提到我的名字。难道他们一直在兴奋地议论我吗？我有什么值得他们彻夜不眠呢？充其量我只是他们凌家，或者更准确地说，只是雨枫二手家具行临时聘用的短期工罢了。

我睡不着，脑子里就抑制不住地胡思乱想，一会儿是傻Andy，一会儿是“汉奸”和宋戴儿，要么就是苏护士与夏编辑。

傻Andy也没有考上英国的任何高等院校，他已经留过两级，自然不愿意再参加英国的A-Level Exam。Andy说，他老爹——那个做了半辈子的老机械师已经于6月份正式退休。Andy现在在Gulmtree小镇那位叫普斯顿的农场主那里打工。我去过Gulmtree小镇，就是那次由Andy做向导，我还有“汉奸”、宋戴儿、迈塞勒，为了完成班主任T给我们布置的生活纪实访谈作业而去的地方。那是一大片种植着马铃薯、亚麻和绿油油牧草的童话般美丽的庄园。我无法想象白白净净高高瘦瘦的Andy如今是否已经强壮了；但我能想象，他每天凌晨乘坐那种Yellow bus，从市区到Gulmtree，傍晚再由Gulmtree回市区，一定十分忙碌，他腮边那层原本细密的胡须一定长得非常茂盛了。唉，这个傻Andy呀，他真的会来中国吗？

但追来又怎样，会有结果？

宋戴儿真的做了视频女吗？

回家后，充当宅女的这些日子，天天泡在网上，我自然不陌生"视频女"这个新词，换句话说，我知道视频女是何样的职业。并非是我无聊或寂寞而有意要背着苏护士和夏编辑去那类网站，但你知道，长期连着网，有时候会莫名其妙地跳出一些奇怪的网页。现在回忆起宋戴儿与我那次简短的QQ对话，她说："不用怕他们，小妹，我们用不着让他们养，来找姐姐吧，姐姐教你怎么轻轻松松赚大钱，快快乐乐活好每一天。"这句话不正昭示了她做视频女的现状？视频女是什么？那是比跳艳舞还下流十倍百倍的呀。戴儿姐，你怎么能……为什么……不行，我一定要找机会，对那段视频录像做一下准确甄别，如果真的是戴儿姐，我必须奉劝她放弃那种职业！

苏护士和夏编辑到底是怎么知道的？

这件事现在已经不是一个难以琢磨的谜。我细细地想，从苏护士大骂我，我气愤不过盛怒离开，到巧遇海归大哥凌云志，每天像个老鼠似的，藏在雨枫二手家具行，偶尔随着小枫父子，到露天餐馆实惠坊潦草地填饱肚皮，我逐一回忆每一个与陌生人接触甚至是擦肩而过的细节，毫无值得怀疑的地方，还是那句话，这里不但没人认识我，而且可以确定，也没人认识苏护士和夏编辑。那么唯一令我产生疑窦的仍是那晚，“精豆大人”突获喜事，莫名其妙地请我去泰富裕火锅烧烤园。种种迹象都表明，不是他们还能有谁？只是目前尚不清楚，在那天傍晚，他们之间是只用电话联系过，还是根本就已经见过面？

那么苏护士和夏编辑知道我在破烂街吗？

又假设他们已经洞悉我的确切位置，他们究竟会怎么做呢？

不过如今还有一个问题让我十分糊涂，就是“精豆大人”或者凌云志，怎么会知道我来自怡荷香园小区？或者他们究竟是从哪里得知苏护士及夏编辑的联系方式，且同时获悉我是他们的女儿？难道是我说了相关的梦话，被凌家父子无意间听到了？但没听苏护士说我有说梦话的习惯啊。而若从另一个角度追问，凌云志以及“精豆大人”，假设他们果真如此做了，那么他们的目的会是什么呢？

噢，父子二人还在亲亲密密地交流着。

我灵机一动，从蚊帐里悄悄钻出来。莫怪我，谁叫他们总是那么神神秘秘，谁叫他们可能一直在谈论我。我打着赤脚，哈着腰，蹑手蹑脚地靠近移动房的小窗。外面的路灯虽然昏暗，但相对移动房里，还是明亮了许多，所以可以肯定，他们不可能发现黑暗中的我。我要偷听一下他们究竟在说我什么。

我把耳朵支起来，紧贴到纱窗的下面。只听小枫细细的声音央求着凌云志：“老爸，你告诉我，我妈到底是不是中国人呢？哎呀，求你了。”

小枫此时似乎完全是孩子相。

哦，原来此刻他们并没有说我。不过此话题同样引起我的兴趣。只听凌云志有点慵懒地回答：“好儿子，睡觉吧，我们不提她可以吧，明天还要做事呢。”

“不嘛，好老爸，你就告诉我嘛。”

凌云志好像打了个哈欠，“我以前不是告诉过你吗，她是个地地道道的中国人，你不是见过她的照片吗？”

“你指的是咱电脑上‘小枫百事罐’里的那张？

“对呀。”

“可仅凭那一张照片也不能说明什么啊，而且，从照片看，我总觉得她有点像南亚人，比如尼泊尔或孟加拉国。”

“儿子，这很正常，因为你妈原籍是云南红河绿春人，其实她的相貌更像老挝或越南人。”

“她是少数民族吗？”

“不是。”

“那她现在在哪儿？是在温彻斯特，还是回了绿春？”

“儿子，咱不提她了。”

一阵良久的沉默。

随着凌云志渐渐响起的鼾声，只听小枫最后叹了口气，他迷迷糊糊地呓语道：“唉，老爸，我知道你怕我离开你，去找她，你哪里晓得，我只是对亲生母亲有一点好奇心而已，我恨她还恨不过来呐。一个女人舍弃欠缺生活能力的老公尚可理解，但狠心抛下还在襁褓中的儿子，就绝对不可以原谅了。再者，我怎么会扔下你不管？”

小枫似乎也进入了梦境。

我缓缓站直已经僵硬的身体，透过纱窗，仰望昏暗的天空，寻不见一颗星斗。不知暴雨什么时候能来。快下吧，雨后的天气会凉爽些。我同样蹑手蹑脚地回到床边，重新钻进蚊帐中躺下。啊！不得了了，浑身陡觉奇痒无比，一定是偷听时被蚊子咬了。

我曲起十指，拼命地挠起来。

二十九

没多久，我就有机会再次打开了“精豆大人”的电脑，印象中大约又熬过了五六个更加闷热的天儿。雨一直未下，总处在那种要下而不下的状态，闷得人心里发慌，呼吸堵塞的感觉。但凌家的生意却惊人地出现了前所未有的火爆，我在心里为他们做了一下粗略统计，短短几天，总销售额起码超越了6000元，而利润恐怕也直指3000，美得“精豆大人”总是把“Shit”大声地挂在嘴边。“精豆大人”把这一切功劳都莫名地安到了我身上，他总不忘强调，“米苏阿姨，你就是雨枫家具行的鸿运之星，就是我家的贵人，看看，我们凌家只要有了米苏阿姨，将来就一定能发财！”

这孩子！这和我有关系吗？

生意的火爆，使空场上的旧家具与日减少，而主动上门要卖掉旧家具的客户并不见增多，于是“精豆大人”和凌云志商议，父子俩决定主动出击，也就是不等客户前来，而是直接进入个别小区收货。“精豆大人”还像其他收售旧家具的那样，在电动三轮板车上安装了一个可以循环播放凌云志录音的喇叭，喊叫声在他的指导下调整了N多遍：“有旧家具的卖——”于是，某天凌晨，他们的板车在一串嘹亮的喊声中，充满希冀地开出了破烂儿街。那个鬼精鬼精的10岁男孩，稳稳地站在板车上，背靠着车架，望着一个走出两间白色移动房门外，非常年轻的送行女人。男孩一面不住地摆手，一面伴随着喇叭里的叫卖声对着年轻女人幸福地喊：“米苏阿姨——请预祝我们成功——”

“祝你们成功——”我也对他喊。

“不是你们——是，咱们——”

小枫大声地纠正着。

什么“你们”“咱们”？什么意思？我脑中闪了一下——哎，管他呢，我先干点自己的事吧。我回到移动房，开机，联网，打开自己的网易邮箱，下载“汉奸”直传给我的那个“宋戴儿”文件包，双击，屏幕上再次出现了QQ视频表演录像。现在我不必担心会有其他的目光投过来，因为我连外面的门板都已经牢牢地插起来，完全可以坦然地鉴别眼前的视频女。

视频窗口无法放大，但非常的清晰。的确，身材和声音都很像宋戴儿，眼睛也有点像，但那张特别白皙的脸，似乎差距太大了。呵呵，这怎么会是宋戴儿呢。该死的“汉奸”，竟给我的姐妹扣屎盆子。我捉住她那张扑向摄像头的特写面孔，暂停播放，呵呵地再笑两声，再骂一句。但转念一想，不对呀，记得“汉奸”和我说这事时，显然是很认真的，难道如此一目了然的事情，他还会张冠李戴？我继续往下看，随着视频女的衣服一件件脱落，摆出深入表演的各种姿势，我忽然注意到她左腋窝下那个几乎全世界独一无二的标志——“北斗七星”痣，我毕竟和宋戴儿在同一间宿舍里摸爬滚打过数十天，像这种非常罕见的特征我焉有印象不深的道理？莫说我，即便是“汉奸”或其他同学，也都在夏天宋戴儿穿吊带衫的时候，十分惊讶地看见过那七颗按北斗星分布的小黑痣。为此“汉奸”还戏称宋戴儿为“星君”呢。

我摁住图片，盯住“北斗七星”痣。

但那张脸明摆着不是宋戴儿啊？

我愣怔了足足几分钟的时间，待思绪渐渐回到屏幕上，我注意到这个视频女的昵称叫“四季小甜心”。她一边表演一边抽空发上来广告语：“哥哥，记住哦，我的名字叫四季小甜心，我的QQ号是789045XXXX，叫你们的朋友都来加我哦，我保证哥哥们爽歪歪喽！”

对，我何不加她的QQ号？虽然“宋戴儿”那个号不上线，但“四季小甜心”一定在，如果小甜心就是宋戴儿……

我有点激动，立刻登录我的QQ，把“789045XXXX”添加为好友。不一会儿，“小甜心”在我的好友栏里跳出来，但头像是黑白的，难道她不在线？我点开“小甜心”的对话框，进而点开她的资料，只见个性签名上写着“本人长期在线隐身，会员请登录www.quliaoliao.xtx，非会员勿扰”。

在线就好办，我迅速在对话框里打上“四季小甜心好！你是宋戴儿吗？如果是就出来一下，我是夏米苏，有事找你”发过去。等了一阵儿，又等了一阵儿，毫无动静。莫非不是她？还是故意不理我？我正在考虑要不要登录她给的网址或打开她空间看看，“汉奸”的头像这时在下面闪了一下。

嗨，亲亲蛋，你好啊！

这个促狭鬼！

你好，“汉奸”！

看过小甜心了吗？

看过了。

“汉奸”发来“小甜心”的截图。

你感觉北斗七星痣像是巧合吗？

无法判断，不过我感觉很像她。

说过话了吧？是不是不理睬？

是。

唉，那就没办法了，我以为她会向你坦诚，但看来同样不好意思。那就就此打住吧，其他途径我也都尝试过了，只是最终仍然无法确定。不过也好，我们何必非要揭开同窗好友的隐私？

可是……可是那张脸？

呵呵，米苏……

说啊，怎么了？

有点难为情呗。

你还会难为情？！

我问过一些狼友了。

狼友？狼友是什么？

真的有点难堪！不过不许你在咱的朋友圈中到处臭我啊，我也是为了最终甄别她到底是不是宋戴儿，才办理了一张特定的商行卡，注册了激情聊天会员。狼友嘛……就是色狼之间的一种相互称呼。

说那张脸！

噢，个别狼友跟我解释了，说大多数视频女在表演时，其实都不是自己真实的脸，而是贴上了由专业商为她们一对一制作的塑胶或纸浆假脸儿，非常精致，所以在摄像头前根本看不出破绽。

啊？会有这种事？

“汉奸”发了个满头汗的表情。

去吧，忙你自己的事吧，88。

且慢，米苏，还有一事……

请说。

“汉奸”的头像一直在写字。

终于发上来，我快速浏览着。

你妈昨天又和我说话了，她说，你的那个傻Andy已经来了，她把他暂时留住在家里。Andy现在正满城疯了似的到处找你。你妈还再三询问，你是否和我联系了。我没表态。她就说，行了，不表态，就是肯定联系过了。她叫我传话给你，赶快回家，解决Andy的事。我说，既然傻小子来了，叫他和我直接视频。你妈又说，也好，省得你们有疑问，不过，你也许知道，米苏的电脑，我们一直坚持不给配摄像头，只有耳麦，你可以听听声音，看是不是Andy。

接下来，打字就变成了英语。

How are you（你好）!

I am Andy（我是 Andy）.

随即，我接收了语音，真的很像那个傻小子，口中的汉语和咱们在一起时非常相似。他说："你好！'汉奸'，拜托你，转告……米苏，就说……我来了，Andy来了，希望她……赶快回家，我很想……很想……见她。"

外面突然传来喊声。

"有人吗？买旧家具。"

"有。"我慌忙跑出去。

三十

凌家的生意持续火爆，不知8月份属于什么时令，我们城市的外来人口竟骤然增多，一连卖了三拨旧家具，虽然数量不算很多，一架碗橱、两张床铺和一对老式的木质沙发——事实上基本如此，来买旧家具的，很少能碰到某户一次购买多件，但已经相当可观。我按照早已熟记心中的最低价位，共收取了380元。待送走了所有客户，我把钱全部放进"精豆大人"提前指定的抽屉，静静心神，重新来到电脑前。

"汉奸"的头像已然变黑，他下线了。

我又看了一遍他最后打上来的那段文字。傻Andy的家为英国寄宿家庭，在英国这样的家庭很普遍，家里每年都住着一两个外国留学生。此刻，他跟中国寄宿生学的那点生涩汉语，仍萦绕在耳畔："米苏，我……来了，Andy来了，你……赶快……回家吧，我……很想……很想……见到你……"我心头不由得一阵凌乱。看来傻小子果真痴情地追来中国了。怎么办？我要不要回家？要不要去见他？我知道傻Andy很爱很爱我，虽然他一直没向我表明心迹，但我早就从他那双蓝汪汪的眼睛里，看得一清二楚；而且，我还知道，他有非常强大的后援，就是他老爹，那位刚刚退休不久的老机械师，为了赢得我对他们家庭的好感，赢得对他憨儿子的好感，曾经到华人餐馆学来一手很棒的包饺子和做打卤面的厨艺，这让一个女孩每天傍晚从伯恩茅斯大学语言学院一路风尘骑车赶回伯恩河边的小别墅时，身处人生地疏的异国，没少享受到家乡那种浓郁的亲情。

难道因此我就嫁给他？

苏护士和夏编辑咋办？

脑子里越来越乱，心微微有点痛的时候，门外突然又传来喊叫声。不过这次不像是来买旧家具的，因为来人在门外先敲门，接着居然直接叫出我的名字。

"米苏在吧？请开一下门。"

我正狐疑着，心想，这破烂儿街上，除了凌家父子，还有什么人认识我？

外面的人继续说道："米苏，您好，我是实惠坊的服务生，是您家'精豆大人'打电话来，叫我们给您送午饭的。"

我连忙来到门外，说声谢谢，接过饭菜。服务生并没有立刻离去，而且表情看上去还有点怪异，仿佛仍然还有话要说。我看着他，果然，他再次开口，"'精豆大人'还让我顺便转告您，如果一直收不到旧家具，他们就傍晚才回家，嘱咐您看好家，等他们回来一起用晚饭。"

服务生一步三回头地走了。

服务生不仅表情怪异，说话的腔调同样怪异，尤其是加重语气的"回家""看好家"和"用晚饭"。这让我感觉刺耳，总觉得话语的背后似有某种涉及我私生活的弦外之音。另外，"精豆大人"叫外卖，对我的关心是不是过了？难道这孩子背后真有什么企图或者……阴谋？在成为雨枫二手家具行的短期工后，一连串怪事相继浮现出来。首先是他躲在移动房门后偷听凌云志和我说话，或者是观察我们，继而突然由称我为"姐姐"改为"米苏阿姨"，接着是破烂儿街的人让我感觉很不舒服的异样目光和他莫名请我到泰富裕火锅烧烤园，还有，给我钱买衣服……我的心仿佛猛然被一只手紧紧攥住。

我有点精神恍惚地踱回电脑前，逐一关上每个打开的窗口，退出快播，删除QQ登录号码……待扫净一切可能被"精豆大人"发现我开过计算机的痕迹，正准备关机的时候，我突然发现了桌面上的“小枫百事罐”，眼前顿时一亮。噢，要不要看？属于偷窥人家的隐私吧？好了，我只寻找一下，看看有没有“精豆大人”说我的内容，总不算不道德吧？我把光标移过去，轻轻双击“小枫百事罐”。哇，里面的内容好丰富，共分成“哦，妈妈”“老爹壮举”“枫哥银行”“小枫花瓣”、“Shit他人”……等七八个综合文件包。我实在难以抵挡小枫母亲这个谜，首先点向“哦，妈妈”。

窗口迅速展开，是一张ACD SeeV5.0 软件下的jpg格式的女人生活照，正像那夜他们父子所议论的，照片上的女人颀长偏短，面皮黝黑，眼窝深而双眼较大，颧骨相对突出，偏白色的微微开启的双唇看上去很厚……的确，这女人的相貌太像越南或老挝人了，也太酷似“精豆大人”了，不对，应该说是“精豆大人”的长相完全遗传了她的基因。嗯？照片被人编辑过，是“精豆大人”，左侧边沿竖着写着两列红色的小字“我发誓，不管你在哪儿，总有一天，我要开着世界上最好的车，拉着很多很多的钱，站到你面前质问，是不是因为凌云志不会挣钱，你就狠心弃我们父子而去！凌雨枫”

我的手陡地生起凉冰冰的感觉。

后续的几个文件包，“老爹壮举”我没什么兴趣，“枫哥银行”咱不能看，那应该是小枫的经济秘密，“Shit他人”记载的差不多是一个成长中男孩所遭遇的霉运事件，“小枫花瓣”是什么呢？生活偶拾？像花瓣一样美好的记忆碎片？也许关于米苏的印象就在这里吧。我点开它。好家伙，制作得还相当精美规范呢，就像一个成熟写手的文集，有目录，有内文，粗粗一看，没有一百篇也差不多。我直接把滚动竖条拉到目录的最后几篇，嚯，真有。《甜甜的凌晨》，按文档的完成日期，或许是我？我迫不及待，迅速双击，立刻扑到文字上：

这个凌晨很甜，就像潭水县乡下爷爷家窗前的小花圃，我刚刚睁开眼，就惊奇地看见床上甜甜地睡着一个像花那样美丽的姐姐。听老爹说，她是他昨夜在西祠路边救来的。老爹还猜测，姐姐一定是因为学业的事，和父母发生了争执……哦，姐姐好可怜哦！

我喜欢，这个甜甜的凌晨。

呦，小屁孩文笔还很了得。

我喜欢上了他的文字，他的文字可不像他的嘴巴，那张不大的嘴，唇色淡白且较厚，其形实在不敢恭维，发出的声音也常常很尖锐粗野刺耳，让人无法回避地会想象温彻斯特一群混世的街孩子。

我把我来雨枫二手家具行后，小枫的“花瓣”一篇接一篇地点开，一篇一篇地读下去。但是除了《甜甜的凌晨》，让我产生了因小枫的“甜甜”而我也甜甜的感觉，此后的每篇，则一篇比一篇更加严重地令我因惊悚而产生了燥热。“精豆大人”在他母亲照片上写的誓言让我冷得发抖，现在我的身体开始变得热了，狂热了，首先双掌心冒出了涔涔汗水，继而是腋窝、额头，进而最终染遍了全身。

原来这孩子竟从第一次改口管我叫“米苏阿姨”那刻起，就决心要使我成为凌云志的女人。不，说不定还要早，就是他看见我在雨枫二手家具行所提交职位申请的那一刻，就有了这样的用心，要么怎么看着那份招聘广告像在征婚呢？他在“花瓣”里想象着与破烂儿街上的人对话。“‘精豆大人’，你家新来的漂亮女孩是谁？”“还能是谁？是我老爹即将再婚的女人呗！”还有，原来是这父子俩，在收购旧家具的途中，发现了苏护士和夏编辑在大街上张贴的寻人启事，把电话打到了怡荷香园小区，其目的就是要稳住他们，稳住我，好叫我有更多时日安心地留在雨枫家具行，以给凌云志和我更多交流并增进感情的机会。难道凌云志也是同样的用心吗？

真是太阴险了！

我感觉恐怖，毛骨悚然，头脑发昏，眼前发黑，仿佛白昼一瞬间变成了黑夜。忽然，外面的天空传来一声“嘎啦啦”巨响，我吓得浑身剧烈地抖动了一下，不由得站起来，缩着脖颈向窗外观看。啊？不知啥时，外面厚重的浓墨般的乌云已经把整个天空严严实实覆盖起来，正随着风势如万马奔腾由西北向东南滚滚前行。“嘎啦啦”又是一声震耳欲聋的炸响，我听见沉重的雨点开始噼里啪啦地砸到移动房的棚顶上。雨声提醒了我小枫父子的叮嘱，我立刻三步并作两步，冲到移动房外，准备把空场上那些暴露的家具用塑料布苫起来。我把目光瞥向破烂儿街那些惊慌失措抢收杂物的商户们，远远地就看见在西祠路方向，小枫父子的电动三轮板车全速开过了钰华桥。我又赶紧慌张地踅回来，因为我必须要抢在他们到来之前，先关上电脑。我扑向电脑，抓住鼠标，移动，慌乱地点、点、点，盯着计算机进入关机程序，直到屏幕完全黑下来。我抬腿，正要重新赶到外面，继续完成他们叮嘱的工作。猛地，我恍惚听到狂风暴雨中似乎夹杂着一个非常熟悉的声音。

“米苏——米苏——”

我支起耳朵，分辨了一下。

“米苏——米苏——你——在吗——”

声音已严重嘶哑，被狂风一下下撕扯着，由小到大，又由大转小，沿着破烂儿街，快速越过了移动房。

没错，就是他，绝对是那个傻Andy，没想到这个冤家满城找我，居然找到了这里，他真是疯了。刹那间，我也疯了，热泪汹涌夺眶而出，风一般冲出移动房。我逆风，向西，一阵跌跌撞撞猛追，模模糊糊的，我看见了傻Andy的背影，那背影依稀比过去更加消瘦了，站在一辆小型货车上。我气喘吁吁，对着渐去渐远的小货车喊：“停下——Andy——我在这儿——”但是小货车的速度丝毫不见减缓，很快消失在幸福道菜市场。我踉跄着停下追赶的脚步，孑然立在被暴风雨击打得烟雾缥缈的破烂儿街上，随着一阵茫然、惆怅和失落，整个胸腔被忽悠一下挤压到了一块儿，心莫名地剧烈疼痛起来。

暴雨一直持续着。

我失魂落魄，都不知道自己是如何走回移动房的，直到凌云志大声招呼我，我才注意到凌家父子其实自始至终都站在雨中，一直看着眼前所发生的一切。或者自从Andy租用的小货车，紧随着电动三轮板车开进破烂儿街的那刻，他们就警觉地发现他了吧。我看见“精豆大人”深眼窝儿中那对亮晶晶的黑眼睛一眨不眨恶狠狠地仇视着我，浸泡在雨水中的厚唇越发淡白，因为冷或者愤怒，在不住地轻轻抖动着，一语不发。我赶紧把目光躲到凌云志脸上，只听他继续说道：“米苏，快进屋吧，别让冷雨激着。”于是三个落汤鸡似的人，默默地走进移动房内，随即陷入无边的尴尬。三个人静立着，仿佛脑袋都被灌进了雨水，丧失了思维能力，变得空白一片。

是我第一个打了个夸张的冷战，小枫紧随其后，凌云志的脑袋这才率先恢复了神志。他一拉小枫，“儿子，我们先到外间，叫你米苏阿姨赶快换下湿衣服吧。”

小枫气呼呼的，一甩臂膀闪开。

“噢，不用，不用，”我连忙说，我强挤了挤，终于在脸上挤出了一点笑容，“凌大哥，我……我想回家了。”

“回家？现在？”

“嗯。”

我没动。

凌云志愣住了。

“精豆大人”气呼呼地喘粗气。

房间再度陷入短暂的尴尬。

还是凌云志率先打破沉寂，“还……回来吗？”

我轻轻摇摇头。

“为小货车上的那个人？”

我轻轻点点头。

“他是你同学？伯恩茅斯的？”

我二度轻轻点头。

凌云志犹豫地看了看外面，暴雨仍在倾盆而下，风似乎小了很多，他把头转回来，用征询的目光看着我。

“能不能等雨停了再走？”

我坚定地再次摇摇头。

“精豆大人”的呼吸声要掩盖住外面的风声了。

凌云志开始在狭小的屋子里打转，几乎在原地，他转了一圈，又转了一圈，突然扑向平时收款的抽屉，拉开，从里面抓出三张百元钞票，回身跨前一步捉住我的手，塞进我掌心。“要走就走吧，哥不拦你。”

我正要把钱重新放回抽屉，还不等我迈步，“精豆大人”便闪电般扑过来，一下子抢走我手中的钱。他终于狼嚎似的说出话来：“爹，你傻呀，是她自己要走的，要走便走，我们不能给她工资！告诉你，”他继续对我恶狠狠地怒目而视，“没叫你包赔雨浇家具的损失，就已经对你相当仁慈了，赶快离开这儿，别叫我再看见你！ Shit！ Shit！”

“破儿子，你！”凌云志的眼睛也瞪起来，伸出大手，想夺回“精豆大人”手中的钱。这是我来雨枫二手家具行后第一次看见他敢和10岁的儿子对抗。我立刻挡住了他的手，因为我知道，“精豆大人”所做的一切，即使不全是为了生活低能的老爹，起码也有一部分是。我在心中慨叹，老天真是待他不薄，竟赐予他这么一个能力超凡的好儿子。我真诚地笑出来，对他说：“凌大哥，算了，我不会要的，谢谢你，不必太在意，我会永远记住你的，你可是我的恩人！”

凌云志拿过一把伞，塞到我手中，一面送我到门口，一面说：“米苏，请不要记恨我儿子。你知道，这孩子从小就失去了母爱，一直跟着我流浪，我平时从不违逆他任何事，生怕他有半点不开心，所以早就让我给惯坏了。”

我把伞重新塞回凌云志手中，一个箭步冲进暴雨里。是的，我的确该离开这里了，这里没有我任何东西，身上湿漉漉的衣服，依然是我离家出走时穿的，线毛边穗的紫色卡尔文低腰牛仔短裤，白与深褐相间的韩款楔型凉鞋，以及经典的浅绿色麦考林条纹蕾丝吊带小衫。我朝着钰华桥方向飞奔，听见凌云志在我身后猛追了几步，他关切的喊叫声淹没在暴雨中：“米苏——也不要记恨你父母——是我不叫他们把你拉回去的——我答应过他们好好照顾你——其实他们每天都躲在某个角落里偷偷看你——”

陡然，我感觉有点幸福！

下

再赴伯恩茅斯

爱别离

三十一

有一个问题，我一直没有琢磨明白，既然苏护士和夏编辑知道我就在破烂街的“雨枫二手家具行”，那他们为什么不告诉Andy，而是任由他满城市四处乱找？是有意折磨他，还是考验他？不过这个问题如今好像已无须再考虑了，因为连Andy这样老实的人都已经看出来，怡荷香园1－5－302不欢迎他继续无休止地逗留下去。Andy已决定回国。

我也决定跟随着Andy。

呵呵，真是连做梦都没有想到，时隔近百天，我会再次飞往伦敦，随即又一路马不停蹄乘车赶到英国南方的边陲小城伯恩茅斯市。从维珍航空的VC 937在首都机场腾空而起的刹那，我就不时地一遍遍掐自己。但是，每一次剧痛，都不能说服我相信眼前的事实。

我就像被Andy手中牢牢牵住的木偶，木讷地走在最繁华的pedestrianised street上。兴奋异常的Andy鞍前马后地照顾我，他拉着我的特大号旅行箱，满足赶走了他的全部疲惫。他操着近几年从寄宿高中生那里学来的生涩汉语，一路上不知倦怠而幸福地唠叨着，腮边那层原本细密的绒毛儿已变成茂盛的胡须，他的喉结似乎比三个月前更加坚挺突出了，高高瘦瘦的身体显得更加细长。说话的间隙，他不停地抽着鼻子，我知道他感冒了。自从那个午后，他站在租来的小货车上，冒着暴雨，沿着我们城市的每一条街道疯了般找我，他就患了感冒，而且至今未好。

夕阳里的pedestrianised street熙熙攘攘。

哦，多么熟悉的街道，熟悉的带有海咸腥湿气息的晚风，熟悉的快速穿梭的Yellow bus和Red bus，熟悉的行色匆匆的蓝眼睛白皮肤的男人女人们，还有街两侧一家家鳞次栉比的卖场……仿佛时间骤然穿越到数月前，我又重新变回伯恩茅斯大学语言学院IB2-4班的留学生，重新寄宿到坐落在伯恩河边宽敞独立的三层小别墅里，而眼前的大男孩Andy，正是那个英国寄宿家庭里的小主人。如果再有两辆单车，Andy常常行在右侧保护我——这是英国人的交通习惯——就和那时候一模一样了。

不对，貌似还不完全一样，因为那时候的感觉——即便那时完全是苏护士和夏编辑一厢情愿，通过中介公司硬把我变成“小留”，但总之我是个真的留学生，而现在……现在我什么都不是，那么我匆匆忙忙恍恍惚惚再赴伯恩茅斯，究竟意欲何为？是自己已无法适应家乡的城市了吗，还是为了逃避我称之为母亲和父亲的苏护士与夏编辑呢？抑或是二者兼而有之？

其实我个人倒是不怎么在乎人们直呼我为啃老“小海龟”，讽刺挖苦也好，嘲笑奚落也罢，学业有成的“大海龟”天天猫在家里成为宅男宅女“啃老族”的同样大有人在，我只是无法忍受苏夏俩人每天愁眉苦脸唉声连连，仿佛我在英国 A-Level Exam（高考）中落榜把整个家庭彻底打进了深渊一样。为了对我痴情一片的傻Andy吗？当然，他老爹，那个于不久前退休的老机械师也非常支持自己的憨儿子。据实而论，我还寄宿在他家的时候，就已经看出，这个典型的英国老头儿，绝不像传闻的那样——英国人骨子里存在对中国人的诸多歧视，他口中从来没有冒出“Chink（中国佬）!”相反，为了赢得我对他们家的好感，对他憨儿子的好感，他曾经数次跑到华人餐馆，学了一手很棒的包饺子和打卤面的厨艺，让我时刻感受到家的温暖。

但是他母亲，那个纯粹的家庭妇女，我实在无法把握该如何与之相处。倒不是她对我有什么意见，或者看不上我，而是这女人似乎先天弱智，她每天除了做饭洗衣还是做饭洗衣，她甚至连上街买菜这样简单的事都干不来。她几乎不说话，就像个哑巴，两颗陷在深眼窝儿中的混浊的蓝眼睛常常直勾勾地瞄着我，不仅冷漠，而且让人心生畏惧。

更令人害怕的还是在老机械师外出的时候，只要我去卫生间洗澡，这女人一旦听到动静，准要如影随形，悄悄窥视。本来Andy家的三层小别墅拥有5室2厅双露台和三个卫生间，老机械师夫妇占用第一层，Andy住三层，二层的两室一厅租给寄宿生。我要说的是Andy家卫生间的门，三个纯属公用的卫生间，其门居然都是用那种印有水仙花草的海绿色半透明玻璃所制，看上去虽说美观、大方，不过只要里面的灯亮着，或者在白天，外面就可以影影绰绰看到里面的身影。第一次发现被偷窥时，我被吓得一声尖叫。还好，Andy也发现了其母的怪僻，曾几次耐心说教。只是很无奈，这女人不仅有点弱智，严重的更年期综合征还使她非常健忘。

Andy常常强行拉走她。

但无论怎么说，Andy都是个十分孝顺的大男孩，而且更多遗传了母亲基因的他，实际上也很依恋母亲。据Andy自己说，他都上高中了，每晚入睡时还要抓着母亲的手，这几乎完全背离了英国人的育子习俗。不过，面对脑子似乎都灌了些水的母子，你还能讥笑什么呢？他的依恋表现在所有的大情小事都喜欢向她诉说，虽然他知道她根本不能给予任何有价值的建议，因而那诉说看上去非常类似于一个人的喁喁而诉。譬如此刻，伯恩河边那座独立的小别墅就在眼前了，Andy终于控制不住自己的兴奋，他左手提着我的旅行箱，右手掏出手机，快速拨出号码。不用问，也不用看，那串号码准是一层客厅的座机。因为晚饭后的这段时间，那女人总是雷打不动地守在电视机前。你听听Andy是不是在喁喁而诉？

他把手机擎到了嘴巴附近，手机里传出“嘟——嘟——嘟”的声音。显然，那头还没有接通，但没过几秒钟，我听见他已经迫不及待地说上了。Andy说：“嗨，我回来了，妈妈。告诉你，我成功了，你儿子胜利了，知道吗？我把米苏接来了，她现在就在我身边，再有几分钟，你就可以见到她了，儿子厉害不？你要不要现在就听听她的声音？噢，要的，要的，妈妈，你听见她的声音也一定会非常开心的。”

不怕大家笑话，别看我已经在英国读过一年的寄宿高中，但一直没能通过雅思考试，除了Andy的口语勉强能懂个大概，若换了旁人，有时我还真如听天书一般。

Andy此时换成他生涩的汉语：“快，米苏，妈妈……要听……你的……声音，你……快和她……打声……招呼。”

Andy把手机递到我面前，手机里没有任何声响。我有点惶恐，慢慢把手机贴向耳边，正琢磨着该如何称呼，比如叫她aunty（伯母）是否合适。突然，电话那头传来标准而粗暴的京腔，我着实被吓了一跳。

“嗷嗷嗷吵吵什么？你是谁呀你？怎么一点礼貌都不懂？不允许别人说话吗？没家教！听清了，原来的机主已经不在了！以后不要再打这个电话了！”

话音刚落，电话啪的一声被挂断了。

Andy距离我非常近，手机中的声音他听得一清二楚，惊愕的蓝眼睛立刻定在了手机上。

我们止住脚步，面面相觑。

三十二

我揉揉眼睛，再揉揉眼睛，不是家乡，也绝非梦境，身边缓缓流淌的伯恩河千真万确地告诉我，脚下的土地就是英国南方的边陲小城伯恩茅斯市，我的鼻息分明嗅到了大西洋那独特的淡淡海腥。那么这个电话……难道是Andy拨错了号码？这怎么可能？再者，那声音明明说，原来的机主……退一步，就是真的拨错了，又怎么会那么巧，偏偏拨到住在伯恩茅斯的北京人家？是不是有点太诡异了？

Andy似乎也在怀疑是否弄错了，他抓过手机，翻出拨打的号码，表情显示那号码没有任何问题。我们不约而同一齐把目光投向大约50步开外的独立小别墅。晚霞中的别墅一如既往的宁静。是呀，Andy离开才一个月吧，难道那里竟换了主人？既然家里发生了如此大的变故，那么老机械师为何不提前通知出国的儿子一声？噢，不好，莫非是老机械师夫妇发生了不测？ Andy说过，他父亲退休以后，最喜欢做的事便是开车带着Andy的母亲到处游玩，年龄大了，保不准就会发生意外。

但房子怎么会……

我们加快脚步，忧心忡忡地走近老机械师的家。老机械师平日里还有一个爱好,那就是侍弄花草，所以每逢初秋时节，花团锦簇的小别墅四周总要弥漫着酽酽的花香，到我们这个距离，就可以不时见到硕大的野蜂忙忙碌碌地飞过。然而今天一只都没有，相反，随着距离的拉近，我们清晰看见，别墅前由黑色铁栅栏围成的小院内，一个大约二十六七岁的青年男子，正在挥舞着铁锨奋力地掘地，而满院子的花草早已不翼而飞。

Andy立刻火冒三丈，他把行李箱甩给我，三步并作两步冲进大敞四开的栅栏门，不由分说一把夺下铁锨。那个年轻人吓得惶恐地闪到一边。Andy正要厉声质问，只见一个中年妇女慢条斯理地从客厅走出来。

女人颐指气使。

她站在第三级台阶上，手指间捏着个嫩玉米，抬手悠闲地送到嘴边，很优雅地轻轻啃下几粒，目中无人地瞥了瞥Andy，又轻慢地扫了一眼随后进门的我。Andy暂时放过了陌生男子，把一腔怒火转到傲慢无比的女人身上，瞪着她，怒不可遏地说："Who are you（你是谁）？ Why are you at my home（为什么在我家）？"

没想到这女人居然懂英语，盛气凌人地再次甩出她的京腔："你家？你又是谁？噢，你就是刚才电话里那个缺乏教养的孩子吧，英国不是相当进步的社会吗，怎么也有没进化的角落！"

女人恶毒的话语，一下子将Andy噎住，他本来就不善言辞，更别说与人打口水战。他张口结舌，气得原地打转。他转了一圈，又转了一圈，倏地恍然大悟。他重新掏出手机。是的，Andy有时还不算太笨，此时只要给老机械师拨个电话，不就什么都立刻清楚了吗?

电话很快就通了。

原来老机械师竟带着他的傻女人去了温彻斯特。外出游玩就游玩好了，干吗那么财迷，居然在临行之前把房子租给两个陪读母亲，而且一下子就把一层和三层都租了出去，甚至别墅前的小院子也租给了恶女人。这叫我怎么办?住哪儿?难道和傻Andy……我才19岁呀，我们从来还没有……我立刻胆怯起来，不敢继续往下想，不知所措地用目光询问着Andy。

Andy一时之间似乎也被家里的变故弄蒙了。他虽是小主人，但小主人就是小主人，当然没有权利处理老机械师的房子。不过还好，老机械师不是说后天就回来了吗?这也算不幸之中的万幸了。

依然是那个面北的大约12平方米的小房间，时间也惊人的相似，真是滑稽!仿佛我用了一年的生命画出了一个圆，而此刻又刚好稀里糊涂回到了起点，唯一不同的是心境比那时更加凄迷。一走进屋子，我就立刻撞上门，反锁起来。我把Andy关在了门外。我听见窗外伯恩河时断时续的涛声，听见大大小小的渡轮驶过时发出的尖利或雄浑的汽笛声，但是我却丝毫没有了去年那些少女般的陶醉和幻想，我甚至连一步都不愿走近那个窗子，因为我知道外面水天一色的城市夜景、温馨的万家灯火，不管它们再怎么美丽，那都是属于别人的。我沉重地倒在床上，无声的泪水如窗外的河流，汹涌而下。

我不知道突然间为何会如此伤感和压抑，但就是莫名的委屈。也许委屈来自苏护士和夏编辑，来自他们极强硬的阻止，而最终又没能阻止我。他们如果积极主动地给我钱，提供路费，甚或泪流满面地去车站送行，也许我就不至于义无反顾地跟了Andy，也就不至于再度背井离乡，陷入尴尬的寄人篱下的境地。老机械师还不是轻视我？莫非以前作为寄宿生时的那些感觉都是错的？明知道自己的儿子万里迢迢去接女朋友了，那跟求婚有什么分别，怎么着也该等儿子回来有个结论吧，干吗那么草率？！

我哭，欲罢不能，仿佛我的整个身体就是一个偌大的皮囊，里面的东西正在寸寸液化，而双眼就是两道开启的闸门。开始完全是无声的，只是清泉般涌出，后来终于抑制不住，发出了嘤嘤的啜泣声，并不时伴随着强烈哽咽。傻Andy不知到底发生了什么，必定是急坏了，但这傻东西终归想不到破门而入，他只知一味地在外面大声询问和轻轻地敲击门板，好像敲击声如果大了，就会把我吓得更加痛哭。“米苏，苏苏，你怎么了？开开门，开开门，苏苏，如果……你……不愿意了，后悔了，在这……休息……两天，我就……把你……送回去，你……不用……害怕。”

听听，是不是很傻？来都来了，干吗两天就把我送回去，纵容和顺从也不应该这样呀，你就不会一脚把门踹开，冲进来，紧紧拥我入怀，像对天或者对你们的上帝发誓那样，说一辈子疼我爱我，永远让我幸福吗？

哭声久久地回荡着，Andy的叫喊声也渐渐夹进了哭腔，混合着阵阵慌乱的敲门声，这无厘头的情绪宣泄，无疑破坏了小别墅固有的宁静，一种不安或者说恐怖终于随着夜色渐浓蔓延到了楼上楼下。首先我听到一个夹杂着闽北口音的女人声，沿着三层的楼梯飘下来，她的声音怯怯的："请问，您……您就是Andy先生吧，噢，是您家老先生说的。他说，您去了我们中国，还说，您全家都特别喜欢中国人，家里每年都有中国的寄宿生和陪读的亲人来住。听说，您是去接未婚妻了，哦，里面的就是吧？她……"

女人的话不仅怯怯的，而且极轻柔。Andy如获得了救星，立刻截住女人的话，"中国Aunt（姨妈），"他说，"您……快帮帮我，看看……苏苏她……到底……怎么回事？"

"嗯，好的，Andy先生。"

女人轻柔的闽北声已飘至门前，"哒、哒、哒"，是她在敲门，比Andy还要轻缓。但还不等她发话，那个京腔这时便随着一阵急促的脚步声炸雷般响起来，"嗨嗨嗨，劝什么劝，来留学不好好读书，就知道瞎搞，肯定不是什么好东西，被人家骗了用了也是活该！卖了都不过！哎，警告你啊，你是这家的人吧？我们可是签了协议的，如果你们再继续胡闹，不能保证环境清静，我儿子已经放学了，影响了温习功课，我们可要拒付租金或扣除部分的。"

我的哭声戛然而止。

三十三

Andy一大早就离开了伯恩茅斯，我知道他是去Gulmtree小镇找那里的农场主普斯顿了。自从A-Level Exam落榜后，直至去中国前，Andy一直在那里打工。站在二楼客厅的窗口，望着高高瘦瘦的身影以及那辆伴随了他三年的自行车飘然消失在清晨的雾霭里，我心中禁不住忽然热了一下。嗯，别看傻Andy的学习比我更糟糕，说不定持家却是一把好手，起码眼前的行为就初显他要努力奋斗。是呀，我在家不得不啃老，那是因为苏护士和夏编辑不愿我干超市导购或酒店服务员一类的工作，其实从我不是学生那天起，花他们的钱，我何时心安理得过？如今当然更没有理由用老机械师的钱了，何况他的退休金根本满足不了四个人的生活。

Andy没有敲我的门，也没有隔着门板对我说一声“晚上见”之类的告别话，傻乎乎的他根本不懂那些甜言蜜语，他只会用自己的方式默默地关心与呵护我，甚至为了不吵醒我，叫我多睡一会儿，都不敢走进卫生间洗漱，而是悄悄打点行装，蹑手蹑脚离开。其实他哪里知道，我早就醒了，我甚至把门都已经打开了，单等他轻轻推开，走进来，用他那坚硬的胡须扎扎我的腮颊，哪怕就只有一下。这想法是不是很轻薄？但我就是如此矛盾地渴望着。正像昨晚，我佯装嗔怒，一面催促他离开，一面郑重其事地说：“我们只有通过奋斗，在伯恩茅斯有了自己的家，到那时我们才可以同房。”其实Andy一向都非常老实，我不碰他，他绝不碰我。可是最后，在他走出我房间的时候，我居然鬼使神差地用唇轻轻触碰了一下他的唇。

哦，这是一年来第一次。

薄薄的唇居然是微凉的。

院子里很凌乱。陡然失去花草的院落倍显空灵和荒凉，在这清寂的黎明，不免让人提前感觉到中秋甚至深秋时一切正在走向凋零的凄楚。哼！北京女人，她铲除了所有花草究竟打算做什么呢？噢，恍惚在什么时候听她冒出过几句，似乎是嫌院子太小，因为她打算买一部车，另外还打算沿着铁栅栏搭棚种上两排青玉米，以防备冬季在超市里不能随时买到。我憎恶这个北京女人，憎恶她太自我，太霸道，太不可一世和盛气凌人。你是没有和她接触过，倘若你也来寄宿在Andy家的小别墅，也会产生同样的感觉。她还骂Andy没有进化完全，我看她才是原始社会的呢。但是闽北女人对她什么感觉，我却实在无法猜测。这女人就像从后宫里出来的用人，处处显出一副谦卑的模样，而且言语亲和、待人友善，虽说亲和与友善背后似乎存有些许虚伪和做作。她居然称呼北京女人为“马太太”，你听听，是不是明摆着在巴结人家？还不是因为她有意无意招摇，说什么全是为了他们老马，为了不叫老马有丝毫分心，因为他们马局长实在太忙了，她这才过来做全职陪读。

京里的官太太怎么了？没准儿还是个大贪官呢，否则哪来那么多钱？要知道我去年一年还“造”了家里近30万，像她这种挥霍方式，不带个百儿八十万，哪敢如此奢侈？不把大把的欧元砸到老机械师手中，那个一贯精明的老头才不会舍得把整个一层和院落都交给她为所欲为。退一步，即便不是贪官，她是北京人，你是闽北人，难道她家是皇亲国戚？皇亲国戚有时还鞭长莫及呢，更何况你们现在都身处异国，都是陪读母亲，都寄宿在Andy家，用得着在她面前唯唯诺诺阿谀奉承吗？岂知阿谀奉承只能助长她的嚣张跋扈。听听人家是怎么称呼你的，一口一个“南烟妈”或者“叶婶”，那表情和语气分明是把你看成下人了，你怎么还那么谦顺地任由她为所欲为？

叶婶心机很深吗？

这很可能，因为她少言寡语，总是以一成不变的浅笑迎接他人，从而把她真实的感觉全部隐藏于心中。但也许不是，这问题或许很单纯，就是为了自己的女儿南烟，而力争在这一年中做到和所有人和谐共处，送人玫瑰，余香留手，况且送的只是浅笑。若果真如此，那么叶婶就肯定是个很出色且非常能干的母亲。

三层的楼梯口这时响起轻轻的脚步声。窗外还没有完全亮起来。她为什么下来这么早？要知道南烟住在语言学院的公寓里，平时根本用不着她来照顾饮食起居，自然可以睡到天光大亮。我转过身，看着狭窄暗淡的楼梯口，随着轻缓的脚步声，叶婶出现在楼梯上，身侧竟奇怪地斜挎着一只鼓囊囊的大包，难道她要离开Andy家？她很机警，还不等脚步落在客厅便发现了站在窗边的我，浅笑也随即在那张有点暗黑的脸上漾起。“少……少夫人，您早。”她竟然管我叫“少夫人”，这从何说起？简直难听死了。我窘得微蹙一下眉头，见她正要继续沿着楼梯离开，立刻叫住她。

“叶婶，请等一下。”

可能是因为我有点不高兴，声音稍大了些，朦朦胧胧中我看见叶婶的脊背陡地颤了一下，遂惶恐地踅回来，快速走向我，一面有点惊讶地说：“少夫人，您有什么吩咐？”

还少夫人！莫非她真是深居后宫或大户人家的用人“穿越”到现在的？管她呢，必须要纠正她，否则若在老机械师夫妇面前也如此叫，好像我多么渴望嫁到他们家似的，那还不得羞煞人。

“叶婶，”我说，“请您以后别再叫我少夫人了！可以吗？除了这个，您可以随便叫别的，比如，夏米苏、米苏、苏苏等。”

叶婶脸上的浅笑这时僵了一下，“看您说的，少夫人，我知道您还没有结婚，但少东家，也就是Andy先生对您多好啊……”

“这个您不必管！”我打断她的话，因为从她的口气里，我敏感嗅出，好像我和Andy最终能否走到一起完全取决于Andy，而不在我。岂有此理！她一定是把我当成那种“easy girl（容易女孩）”了。是，我承认，现如今在很多人眼中，尤其是在那些纨绔子弟或者不学无术的街头混混眼中，一些中国女孩开放、大胆、功利，但我不是那样的人，不但不是，而且我还万分鄙视那种“easy girl”。移民有什么好？难道这里的月亮比我们那里的更圆吗？为了移民轻易变成人家的性猎物，简直沦丧人格啊！

“总之您切记就是了！”

“好的，少……苏苏。”

我的话说得很冷，但叶婶脸上依然没收住浅笑，不过眼角和眉梢已经难掩心底的尴尬和疑云。她有点不知所措，就像个犯了严重错误的学生，局促不安地站在老师面前，右手无所适从地拽着身侧的挎包。我忽然有种欺负了她的感觉，是的，我有什么权力那样命令一个长辈？可能在人家心里，那叫法也许是对我最大的尊敬，我完全可以相对温和地向她解释几句。还好挎包及时充当了我们之间的缓和剂，我看着挎包弱弱地问：“叶婶，您这是……您这么早是去给南烟妹妹送东西吗？”

“哦，不，少……苏苏。”没想到我的突转温和，反倒使她更加难堪起来，若不是脸膛偏黑和光线暗淡，相信能看到红晕此时一定爬上了她的腮颊。“我……哦，我这是……不好意思，苏苏，其实……别看我给女儿办了高中留学，实际上我的家境并不宽裕，不怕您笑话，是一个朋友前天给我介绍了一份临时工作，我现在正想赶去那里。”

我自然地笑起来，说：“叶婶，打工有什么丢人的，我去年还给人家刷过碗。对了，您做什么工作，还背着大挎包？”

叶婶也变得自然起来，“哦，就是去郊外一个果园给人家摘苹果。”

“摘苹果？”

“对呀。”

“那您愿意带我一起去吗？”

“这怎么可以，您哪能干那种粗活，这是我们大人才干的活计；再有，我也没法和Andy先生交代啊。”

“不不，叶婶，您带我去吧，我非常想去，一是我对那工作很感兴趣，二是，您不知道，其实，我比您……比您更需要钱，您不用考虑Andy，他会同意我这么做的。”

三十四

我们坐上了Yellow bus。

伯恩茅斯有两种客运大巴，即Red bus和Yellow bus，分别来自于两家客运公司，前者只跑市内，后者则远行乡下。没想到叶婶才来一周，竟然比我还了解这些，原来昨天她已经去干过一回了。汽车开出市区，一路向南，偶尔偏东，路上的个别景物似曾相识，我忽然记起来，这是通往New Forest（新森林）风景区的那条道。去年，在小留班一个月末的考察课上，我随IB2－4曾经去过那里。但是，我却不记得有什么苹果园，难道在更远的地方？我兴致勃勃地问叶婶。叶婶暗黑的脸上立刻浮起标志性的浅笑，不，更准确说，应该是堆起。一路上她的话更少了，看得出她心里一定还存在隐忧，依然在担心此举会触怒了Andy。

“是。”叶婶说。

“那过了新森林还有多远？”我兴奋地继续问。因为从小到大，我还从未走进过任何果园，我甚至都没有见过如何采摘。现在自己就要成为采摘姑娘了，想象着在苹果树下嬉戏，那情景该有多么浪漫。苹果树很高吗？需要爬到树上吗？树上有没有吓人的毛茸茸的虫子？哎呀，如果遇到野蜂窝该怎么对付？林间的地上一定长有杂草吧？杂草里有没有大蛇？

我一连串懵懂而幼稚的问题多少消解了叶婶的一些顾虑，她的话逐渐多起来。叶婶说，过了新森林大约还有一刻钟的车程，不过这已经是距离市区最近的农场了。“米苏，您看这样好不好，等到了那里，您不用真的干活，您就权当今天出来跟我一起散散心，这样，Andy先生也就不会责怪了。”

果然还在担心。

不行，我必须要解开她的心结。采摘这样的工作虽然并不复杂，但我毕竟没有干过，所以还要完全仰仗她教我，没准我们还需要团结协作才能够提高工作效率。如果两人之间不能做到平等相待，而总是疙疙瘩瘩，那还有什么意思？

我稍稍思索，于是说：“叶婶，您真的不用担心Andy，还记得我跟您说的刷碗的事吧？去年我在一家叫 Taipei cabaret 的酒店，整整刷了一个多月，Andy 每天都接送我。”

叶婶的眼中闪过一丝惊喜，但很快又黯淡了下去，她随即轻轻摇头，接下来的几句话反倒使我更加惊讶。原来在她看来，我们身上这种在国内被崇尚的“勤劳”，她认为在英国是非常不合时宜的，因为她来之前就了解过了，英国人似乎只喜欢晒太阳、遛狗和外出度假。她还举例说，譬如 Andy 的父亲老机械师……

我真是既惊讶又感动，我惊讶于叶婶对英国对伯恩茅斯的了解之多，感动于她心思居然如此缜密，一个陪读母亲为了女儿在努力地做着一切。叶婶的面善本就给了我足够的安全感，于是我暗暗打定主意，跟着她，就跟着她，跟定她了，反正明天是什么样子我根本无法预测；反正目前我不能回中国，起码一段时间内要停留在伯恩茅斯；反正她的目标有一点和我完全相同，那就是挣钱，挣钱，必须挣钱，在家时我就常常身无分文，离家时苏护士恨不得扒下我身上用他们的钱所买的衣服，而 Andy 的积蓄恐怕也基本用完了；反正作为寄宿房客，叶婶似乎没有胆量拒绝我。那么，我干脆就借着暂时还能够住在老机械师的别墅里而不顾一切地真正打拼一番吧。

反正在这不怕谁笑话！

叶婶不说话了。那好，你不说我说。我揣测着她应该感兴趣的话题，这话题无外乎关于南烟妹妹的“小留”学业，或者她在伯恩茅斯的临时工作。

我说："叶婶，您为什么一定要陪读呢？既然南烟妹妹来得早，运气好住进了学院的公寓宿舍，学校的管理是非常人性化的，您如果不来，事实上也有很多家长都不来，不就可以省下一大笔钱吗，何必如此辛苦？"

"不！"叶婶脸上的浅笑突然变得很自信，她立刻接过我的话，"正是因为他们的管理太人性化了，所以我才必须来。哦，米苏，您读过一年，应该比我更有切身体会，太人性化，从某种意义上讲，是不是就等同于太自由了？咱们的学生一是很难抵抗校外自由世界的诸多诱惑，二是有的根本无法适应他们完全松散的课堂，正所谓一个长期被老师严格监管的学生，现在忽然没人管了，他就会无所适从，不知道该干什么，不是吗？我听说去年有一个IB 2-4的小留班，全班18个学生，其中有9个在A-Level Exam中落榜。噢，不好意思——"叶婶突现窘态，"米苏，我不是在说您。我来虽说加大了投资，但南烟无疑会感到莫大的支持。实在对不起，米苏，您看我的话太多了，其实我的意思很简单，怎么说呢？我就是想……"

"就是想给南烟妹妹来个中西合璧？"

"对对，差不多就是这意思，您……"

我连续两次打断叶婶的话，事出无奈，老实讲，我巴不得她跟我啰唆，如此才能使氛围慢慢融洽。但是她的拘谨，还有，她虽然不再管我叫"少夫人"，但口中不断出现的"您"也着实令我尴尬。那么，和叶婶这样的人打交道，我何不实话实说？也许真诚才可使她不再把我当成外人，才可改变一个长辈对晚辈的彬彬有礼。

通往新森林以外的乡村路况并不算太好，借着 Yellow bus几个较大的摇晃，我扶住她臂膀，顺便将嘴巴贴到她耳边，小声说：“叶婶，您知道我为何又来伯恩茅斯吗？绝不是为了要和Andy完婚。是，Andy的确很爱我，但我却说不上爱他，我只是不讨厌这个特别敦厚的大男孩。我来，纯粹是因为和父母赌气，再加上似乎我已经不能再适应那个家和那个城市，他们一面不能容忍我干‘低贱’的工作，一面又嫌我啃老，经常气急败坏地数落我，说我丢尽了他们的脸。”

此法果然奏效。

叶婶抓住我的手。她居然敢抓我的手了，还用了一下力！我分明感到一股暖流，它来自一个同胞，一个中年女性，甚至是一个母亲心底的真切的关爱。在这陌生的无助的国度，孤零零的我渴求的正是这种慈母般的关爱。如果不是在这奔驰的 Yellow bus上，如果不是偶尔有几束讶异的目光瞟来，我肯定就靠到她的肩上了。她如果是苏护士多好，可惜苏护士就像个君主，对我的一切只知道一味强压，需知哪里有压迫哪里就会产生反抗。

我闭起眼睛，想着苏护士。巴士在剧烈的摇晃中疾驰，我听见自己的心底竟奇怪地叫了一声“妈”，接着我听见叶婶“哎”了一声。她像是在答应我，莫非我梦呓了？接着叶婶叫我的名字，“米苏，您困了吧，连续奔波，时差还没有倒过来，昨晚肯定没休息好，不过困了也别睡了，这就到了。等到了那里，我给您简单布置一下，您再好好睡一会儿。”

“布置？睡一会儿？”

那农场和苹果园到底是什么样子，怎么还有地方可睡觉？叶婶还是对我称“您”，看来并不是真正接受了我，也许她心里只是可怜我而已。唉，不管她了，努力干活就是了。我睁开眼睛，巴士正好穿过狭长崎岖的山路，眼前豁然出现了一片果园，哦，好大好美丽的流线型丘陵石楠地，放眼望去，你根本看不到尽头，一排排整齐的苹果树仿佛延伸到了天边，延伸到了大西洋。林间的空地上，长着绿油油的类似小麦样的草坪，不知那是不是小麦呢？在这朝阳下，小麦泛着盈盈绿光，正好和树上鲜红的苹果相互映衬。噢，是这里，一定是这里了。在这里做一名采摘女子，跟在蟠桃园里玩耍的仙女有什么分别？

我由座位上站起来，推开巴士的玻璃窗，迫不及待地将半个身体探到窗外。我兴奋得想可着嗓子喊一句什么，比如，“苹果园——我爱你——”但就在这时，屁兜儿里的手机突然响起来。不会有别人，百分百是Andy那个傻小子，因为再没有其他人知道我昨天才换的英国卡号。我连忙接通电话。

我说：“嗨，Andy。”

只听Andy说：“喂，苏苏，你醒了？我在……厨房的……微波炉上，放了钱，你……到外面……随便……买点东西……吃吧，顺便……买些菜……回来，等晚上我到家给你做饭。”

我说：“不，Andy，还是你骑车回来顺便买菜吧，我随叶婶来郊外打工了。”

“打工？叶婶？噢，那好，明白了……”

Yellow bus这时正好缓缓停在一个叫厄瓜茅斯苹果园的车站。

三十五

英国共有11个较大且较著名的苹果园，为首的便是位于福克郡的桑德灵豪斯苹果园，那是专属英国皇室的，那里所生产的苹果汁也是英国女王最最喜爱的饮品。厄瓜茅斯苹果园也位列其中，据说该园始建于1963年，对外公布的数字是58英亩，种植着十几种苹果，每年能生产大约13万瓶果汁。我们的工作说起来的确很简单，它只是果汁生产线上一个小小的环节，不过真正干起来，却绝不是一件轻松的事，因为采摘依旧沿袭着传统的体力劳作模式——每人的腹前挂着一只由藤条编制的椭圆形的筐子，通过两条较柔软的皮带交叉挎在双肩，为了避免磕破苹果，里面用粗线绳缝着帆布兜。一个筐子摘满，差不多要有30斤重，然后走到最近的大木板箱，拉开底部拉链将苹果倒在里面，木板箱满了，叉车就及时赶过来将其运走。

叶婶戴着花头巾，我们的手背、小臂、面部、脖颈以及脚腕……凡是露在外面的皮肉都被叶婶抹上了风油精。那是她从家乡专门带来的，她知道秋季的伯恩茅斯野外的蚊虫比较厉害，又担心在这里无法买到。我不知道她具体是闽北什么地方的人，她们那里是否盛产茶叶，但她的装束非常类似于采茶女，而干起活来的敏捷程度简直令我眼花缭乱。她的双手在枝叶间翻飞，霎时腹前的藤筐便满满的。我呢，自然不愿意输给叶婶。前面说过，我对这项犹如游戏一样的工作颇感兴趣，毕竟年轻，手脚麻利，还有一点最最关键的，那就是采摘苹果一天下来原来竟可以挣到大约七八十欧元。我说叶婶为何舍近求远，非要选择这个临时工作呢！我在心里简单盘算了一下，如此若坚持一个月，不就可以挣到2000多欧嘛。在伯恩茅斯租住一般的房子，月租400欧左右，生活费如果节俭500欧也差不多，那么，倘若在Andy家居住不方便的话，我就可以随时搬出来。我对未来的生活陡然充满了希冀。

甜甜的憧憬就像眼前艳丽的苹果。

但憧憬归憧憬，不到两个小时，我就变得几乎不是我了。白色短袖T恤和蓝色牛仔裤，由于大量的汗渍、灰尘以及从树叶间蹭到的脏污，全都失去了本来的颜色，土猴一样的脸膛红彤彤的，不知Andy和苏护士是否还能认出来我，这哪里像蟠桃园中的仙女，纯粹是无形大机器上的一个零件。不过最要命的还是我纤细的腰肢，我记起了在那家台湾人开的酒店里一趟趟地抱碗盘，那时候感觉偷伸懒腰都是在休息，可现在连这样的机会都没有！其实我根本不清楚摘苹果的计酬方式，是计时还是计件？之所以没办法偷懒，是因为我和叶婶由一个蓄了满脸大胡子的青年带着，据说他是叶婶朋友的朋友，是个牙买加裔的意大利混血儿，伯恩茅斯大学应用数学在读硕士生，显然他是为了挣学费才赶着在正式开课前干这个的。

大胡子头戴一顶花格子鸭舌帽，帽檐压得很低，加上个子偏矮，在不习惯仰头说话的情况下，两颗略显呆滞的大眼珠子经常困难地一下下向上翻着。老实讲，他吩咐的话，我一句都听不懂，我甚至都不知道他说的是英语、意大利语还是牙买加语。但人家总是身先士卒、勇挑重担——并不怎么灵敏的身躯不停地在人字梯上爬上爬下。他不说休息，叶婶也没有要休息的意思，我已经比叶婶摘得少了，一般我摘三筐她便摘了四筐，我哪里还好意思偷懒呢？

两个小时过去了，我再也无法装作轻松自如。一袋奶和一个面包，早就随着汗液蒸发到空气中，肚子咕咕地唱起了大戏。我的身体从腰部彻底断开了，我弄不清上半截属于我，还是下半截属于我，总之腿费力地迈出去，上半身则还是后仰着，要么上半身前倾，双腿却迈不动，几次踉踉跄跄差点跌倒。虽然时常有树遮挡，但我越来越滑稽的歪歪扭扭的动作依然没逃过叶婶细心的眼睛。叶婶的采摘动作一点儿没有减缓，隔着树叶，她偶尔瞟向我，目光越来越忧心忡忡。她猫着腰或蹲在草地上，我猜测她是故意在把半身处容易摘到的果子留给我。她偶尔也把目光投向大胡子，但大胡子就是不看她，居高临下，从帽檐下溜出的视线却不时地在我身上扫来扫去。

怎么，他是个色狼吗？可又不太像，因为他每看我一次都要伴随着轻轻地摇头。答案很快在我重重跌倒时揭开。这家伙嗖的一下从人字梯上跳下来，迅速绕过树，直奔我而来。我侧躺着，苹果骨碌骨碌滚落到地上，一条手臂压在藤筐下，我本来不打算立刻爬起来，想借此机会稍作喘息，但看见叶婶竟神色慌张地朝我跑来。

这是为何？

她一面跑，还一面喊："朱里奥先生，朱里奥先生。"她最终赶在大胡子前，挡住了即将冲到我面前的他。"朱里奥先生，"叶婶继续说，"请您不要怪她，她还是个孩子，没有干过这个。您没发现她已经很努力了吗？请您相信，她一定能干得很出色的。"

大胡子坚硬的皮鞋这时猛地踏在一个苹果上，即便是柔软的草地，硕大的苹果仍然应声而碎，果汁箭一般射到我的脸上。只听这家伙恶狠狠地命令道："起来！"

我根本不明白怎么回事，当即吓得一哆嗦，并顺势坐起来。叶婶赶忙帮我捡苹果。那家伙伸出食指，指了我一下，接着将食指冲上，不停地左右摇晃着。"你，不行，"他继续说，手指倏地又转向叶婶，"如果不能像她，明天就不要来了，还不快捡！"

我完全是下意识，或者是因为他的残暴，果真快速捡起来，直到把地上的苹果捡净，和叶婶一起把它们倒进木板箱，才回过神来，脑子似乎才会思考。该死的，原来这个叫朱里奥的家伙会汉语。本来嘛，他既然是叶婶朋友的朋友，而叶婶的朋友也是我们的同胞，怎么着也能够学到几句的。但是，他此前一句都不说，而且看那架势，如果不是叶婶及时央求和劝阻，他真的要对我施暴呀。你有什么了不起？不就是比我们早来几天吗？叶婶怕你，我可不怕，我虽称不上伯恩茅斯的“老江湖”，可我在这混的时候，你或许还在意大利或者牙买加的某个角落给人家擦皮鞋或清洁马桶呢。行，等着瞧，看看最终是我不要来了，还是你来不了了。

我忽然感觉不累了，腰也不那么疼了，就连咕咕叫的肚子，也很懂事儿地不再伸手讨要食物。我冲向苹果树，开始拼命地采摘。我在心里准确地记录着，当太阳移到头顶，叶婶摘到第10筐的时候，我已经把第12筐送到了木板箱，而朱里奥自从我跌倒后，仅仅往返了6趟，且每趟只摘了多半筐。是，我承认他一直坚持登梯爬高相对困难，但是我也慢慢发现了一个秘密，原来这家伙“身先士卒、勇挑重担”，却是因为高处敞亮而又得风，基本遭不到蚊子的叮咬。林间的大黑蚊子果然又多又厉害，随着风油精的味道逐渐散尽，那些饥饿的蚊子便开始如直升机般追逐我们，即便一直在不停地忙碌着，暴露在外面的皮肉还是很快就鼓起了不下20个大大小小的红包，奇痒难忍。我只好用古老的办法，偷空将黏黏的唾液涂抹到最痒的地方。

终于熬到了午间休息。叶婶的大挎包可真是个百宝囊，不仅装着饭菜还有饮用水——原来农场是不管午饭的。在叶婶的再三邀请下，我看看那些中式饭菜也的确够两人食用，最终便和她共进了午餐。大挎包里还装了褥子、蚊帐和四条长长的绳索。褥子铺在柔软的草地上，蚊帐通过绳索拴在苹果树间，这就是她在路上说的“布置”和“睡一会儿”。我已经没必要再客气，反正已经欠下人情债，以后慢慢还上就是了。我们同挤进蚊帐内，习习秋风吹拂着帐幔，吹拂着我们的面颊，阳光就如同身下的草地，温柔地抚摸全身。我闭紧双目，天空变成了无边跳动的模糊的红，一会儿又变成跳动的模糊的黑。叶婶的呼吸声仿佛轻音乐，片刻，我们便坠入沉沉的睡乡。

三十六

再赴伯恩茅斯的第二个夜晚是我漂泊生涯中最幸福快乐的时光，它犹如我生命中的一束光，明艳而宝贵。

我举着一天拼命劳作赚得的65欧元，向早归的傻Andy炫耀。傻Andy这天回来得特别早，仿佛他突然不那么傻了，他料定我一定会又累又饿，所以特意请假提前回家，给我做了整整一桌子美味佳肴。他的胆子也突然增大了许多，竟敢把我抱起来，一直抱进洗漱间，然后站在我后面，双臂圈住我，给我打上香皂洗手、洗脸，直到他用热毛巾替我擦干手脸，我的心还在咚咚地跳。

Andy为何如此殷勤？

难道……

我羞怯地偷偷观察着他的表情。是的，我必须有所防备。因为Andy虽然有点傻——其实他的傻只是过于实在，但身体十分健康。健康的机能，正常的渴望，当然能促成一个男孩对异性的遐想和性的冲动。而且最要命的，说是在防他，其实也是在时刻警戒我自己，因为无论是他腮边越来越浓密的胡须，还是他坚挺滚动的喉结，都对我形成了不小的诱惑，我偶尔会想用手指轻轻触摸它们。

但是很奇怪，傻小子不善掩饰的表情居然一直都是神不守舍，仿佛目光也犯了错误，不仅不敢与我正面相对，仿佛他那迷离的视线看到的根本不是眼前浪漫温馨的小餐厅，而是……是些许的紧张，是有点不自信的焦灼，是某种令他感到害怕的场景。为什么会这样?我干脆直视他，直视他的眼睛，想看透他的眼神背后所隐藏的到底是什么。可是傻小子总能竭力避过，我根本无法捕捉到丝毫痕迹。他给我盛上一小勺海鲜汤，这是他去中国在我家里逗留的那些时日，我亲手给他做过的。我低头闻了闻，噢，好清香，和我做的几乎一模一样。记得傻家伙当时只是静静地站在旁边看过一遍，居然做得这么像模像样，看来有的方面他并不笨。

Andy的殷勤仍在继续，他靠近我，坐下来，用筷子笨拙地夹起一条海参送到我嘴前。我瞥见他自己先可爱地张开了嘴。不用问，这家伙也一定早就饿得不行了，莫说在农场干了一天的活，就是往返骑近50公里的自行车，也应该透支了身体的能量。但我没有张嘴——并非我故意拒绝他的浪漫，也并非我不饿，事实上，此刻几乎是我19年来最饿的一次，我恨不得将满桌子食物顷刻间就装进肚子里。但我忽然想起了叶婶。叶婶下午已明显力不从心，我知道那是因为我分食了属于她一个人的午餐。本来嘛，我是突然跟着去的，她怎么可能提前就知道带两个人的饭菜？分明是一个长期从事体力劳作的人食量惊人。叶婶中途便下了Yellow bus，当然是去附近的超市购置晚、早、中三顿的菜品，一个孤独的女人，一个好母亲辛苦如此，不管她把我看成什么，未来的Andy家小主人，或者如南烟妹一样的女孩，总之是我受人家恩惠在先，于情于理我都应该投桃报李。何况叶婶很快就该回来了，何况她与我们共用着二楼的厨房。

于是我抓住Andy的手腕，对他说："Andy，我们等等叶婶吧，邀请她一起用餐，可以吗？"

Andy显然不解，但疑惑的大眼睛终于肯和我对视了。"why？"他突然说，"这……必须可以，只要是……你……决定的，我……都会……服从，只是……这样还要……让你……多……挨饿一阵。"

Andy的唯命是从令我很感动，但是我没料到他竟如此愚钝和教条，他竟然把夹起来的海参要重新放回碗里。我拦住他，举着他的手，慢慢地移动到他嘴边，示意他吃下去。Andy左右躲闪着脑袋，一面躲一面急切地说："不，不，米苏，你不吃，我也……绝不会……吃的，我要和你……一起等。"傻家伙真是敦厚得可爱。眼看海参条即将断裂坠地，我忽然灵机一动，站起来，迅速探身，用嘴巴噙住，并将露在外面的一截儿凑到他唇边。我嘴里“嗯嗯”叫着，意思是，快呀，快接住。Andy很听话，他机械地张开了嘴。我扑上去，把海参条送进他嘴中，顺势捉住他的双唇。我本想给他来个感激的拥吻，可就在此时，楼梯上传来急促的脚步声。

我陡地和他分开。

是叶婶回来了吗？

不像。脚步虽也轻盈，但似乎比叶婶更快捷有力。难道是那个讨厌的北京女人马太太？也不像。那女人仿佛总是唯恐人们看不见她长着一个美丽而性感的硕臀似的，所以时刻都不会忘记拿捏动作的优雅。是老机械师和他的傻女人？更不像，因为只有一个人的脚步声，再者也根本没听到楼下传来他们的汽车声。脚步声瞬间便飞到了二楼客厅。“苏米姐，苏米姐，是你回来了吗？你在吗？”是一个陌生的男孩声音，连名字都喊颠倒了，居然还“姐、姐”叫得那么亲密。不过那一嘴标准的京腔已然说明，这破孩子应该就是那个霸道女人的儿子了。于是我快快地走出小餐厅。

哇——我眼前一亮，没想到他竟然比很多女孩子都妩媚，一时间，我甚至都忘了因为他母亲而必须要讨厌他。他如同女孩子一样靓丽的大眼睛炯炯地看着我，长长的睫毛忽闪着。

“你好，你就是苏米姐吧？”他继续说。

我强压着内心对他的好感，故意摆出一副冷漠的表情。“不是，”我说，“我不叫苏米，而是米苏，是夏米苏。”

“噢噢，对不住，那是我老妈记错了。哎，米苏姐，先自我报告一下，我是你学弟，叫马骞，就是畜牲那个马，骞嘛，嗯——很费笔的，大概十三画，底下一个马，上面像个大寨的寨字。百度上这样解释，说‘骞者，高举或飞起也’，其实我既不能高举，也不能飞起，那不过是老爸老妈的意愿而已。嗯？姐，你怎么了，不高兴了？我那么令你生厌吗？不会吧，噢——我明白了，是我老妈。看看，姐，你怎么能跟她一般见识。好了，好了，昨晚的事早都过去了，我们家老太太，她就是那样一个经常装‘范儿’的人，不是有那么一句话嘛，我们不拿别人的过错来虐待自己。姐，你们正在吃饭吧，不想让我尝尝 Andy 哥的手艺？”

马骞的语速飞快，他一面说，一面将目光转向小餐厅。我还没来得及想好是拒绝还是允许，就见他非常神秘地贴近我，压低声音又说：“米苏姐，听说那个 Andy 哥还没有成为真正的姐夫，那么就请你相信弟弟，叫弟弟为你把把关，看看他是不是你将来的那盘菜。实话告诉你，姐姐，你骞弟弟别的不行，研究爱情可称得上专家。在北师大附中，承蒙美眉们的抬爱，还送了我一个‘蜂帅’的雅号。对了，姐姐，我们家老太太就是看我不好好学习，才把我弄到这个人地两生的鬼地方。”

我本来就不讨厌马骞，他最后这句话更是为拉近我们的感情陡增了砝码，因为我们的学生生涯是如此相似。马骞见我并未拒绝，干脆一面亲切地喊着“Andy 哥”，一面走进了小餐厅。

“Andy哥，Andy哥。”

Andy皱着眉头站起来。显然他比我更讨厌这个不速之客，不，不仅是讨厌，我看见Andy的眼里似乎射出了火花。但马骞可不管他火花不火花的，快走两步，迎面便给Andy来了个西式的拥抱，旋即又在他胸间亲昵地补了一拳，力量虽然不大，可猝不及防的Andy仍然向后趔趄了一步。紧接着还不等Andy站稳，马骞的大拇指已经高高地举起。他一面重重地点头，一面说：“Andy哥，早就料到你肯定长得华丽丽的，否则我同样华丽丽的学姐也不可能死心塌地地跟着你，但没想到你竟华丽得如此不同凡响。我们汉语里有个成语，米苏姐，那叫什么来着？噢，叫玉树临风，Andy哥，你懂不懂？那就是用来形容你的。不过，警告你Andy哥，我们米苏姐可不是纯‘外貌协会’的，她万里漂泊，你可不要辜负了她，否则我做弟弟的也不会答应。看看，还傻愣着干什么，这么一桌子美味还不赶快享用，难道你真的要虐待我米苏姐吗？米苏姐、Andy哥，来，我陪你们吃，Okay？”

这家伙终于止住了话，但他的嘴并未就此闲住，还真拿起筷子逐个儿地品尝起来。他先是夹起一块鲜菇放入嘴中，接着是小炒牛肉、姜芽烧鸭片、干贝萝卜丁、葱头蛙腿儿、凉拌排骨肉。一贯笨嘴拙舌的Andy突遇如此强悍的脱口秀自然一败涂地，何况他虽不能完全听懂马骞的话，但对方脸上讨好赞许的表情和一直高高擎起的大拇指都令他十分受用。我当然能明白这家伙是在故意恭维，可我也很想听听他对Andy的真实感觉。所以我和Andy都怔怔地地看着他，看着他依然高举的大拇指，看着他放下筷子，换小勺儿，舀一点西红柿肉末蛋羹，看着他终于从餐桌上抬起眼，一面冲Andy抖动大拇指，一面在嘴里含混不清地小声说："姐，快吃吧，这才是你的菜！"

他突然停止咀嚼，眼神定住，耳朵竖起来。这时我们都听到了别墅的铁栅栏门发出了脆脆的撞击声，与此同时马骞腾地站起来，闪电般窜到餐厅门口，他一手扒住门框，回过头来，另一手的大拇指还在举着，"Andy哥，谢谢你，你的中国菜做得很地道，可我家那个喜欢装范儿的老太太回来了，所以不得不失陪了！"

话音未落，他已赶向了楼下。

三十七

这是个非常困惑且恐怖的黎明。

我不知道苏护士为什么要暴打我，以前她也曾大发雷霆，但不管再怎么怒发冲冠，也只是对我恶语相加或仇视辱骂。可这个黎明，一切还沉寂寂的，她就摸黑拍开了我的房门，把她平日里健身用的竹竿，像跳她自创的"敲竹舞"那样挥舞不止，每一竿都劈头盖脸地落在我身上，霎时我的肘端、肋间、脊背、臀部都爬满了紫红色的印迹，阵阵剧痛不断沿着全身蛇行般游走。我开始鬼哭狼嚎地翻滚，惊恐地蜷缩到床的另一侧。我拼命睁眼，却睁不开，只好闭着眼睛声嘶力竭地责问她："苏护士，你疯了吗？你为什么要打我？"她恶狠狠地将竹竿抽打在被子上，伴随着噼里啪啦的声音，她咬牙切齿地咆哮道："我就是要打死你这个没用的东西！你耳朵塞猪毛了吧？闹铃声都响过多长时间了，为什么还不起来？难道你要一辈子都赖在床上？"

我知道问题终又回到了根源上。

是的，她投资，我留学，全是因为我这个"不争气的东西"，不但赔光了他们所有的积蓄，甚至还搭进去以后几年的收入，同时也丢尽了他们的自尊和脸面。"小海龟、腐女"令他们在熟人面前常常无地自容。所以每每触及这个根源，我再也不像当初那样和他们辩驳顶撞，而是干脆缄口不语。于是我不再躲闪，我不信她会击打我的要害部位。但是我错了，我听到她在狂吼一声的同时——"臭不要脸的，你还敢继续睡！那我就弄残你，这样养一个残疾，我们的心态也就平和些！"一股疾风便直扑我面门，不，更准确说，是她的竹竿直奔我一只眼睛袭来。我吓得禁不住厉叫一声，扑通滚到地上。

我一下子惊醒过来，哦，原来竟是个关于苏护士的梦。

我呼哧呼哧地粗喘着，坐起来，抹一把额头上的冷汗，双手扒住床边。手机伴随着铃声正在枕边突突地震动，门上传来啪啪的拍击声。哎呀！我轰的一下子明白，这不是苏护士和夏编辑的家，而是英国的伯恩茅斯。那么门外……糟糕，门外一定是叶婶了。叶婶有点焦急的叫声这会儿正好响起："米苏，您起了吗？您今天还去不？您若不去，那我自己去了。"

我赶紧双臂用力，想撑着站起来，可是此时我突然发觉，浑身上下都胀痛得厉害，心头不禁忽然一凛，莫非梦中的情景殃及了现实？这也太诡异了吧。但不管怎样，我都必须先起来再说。于是我龇牙咧嘴，一面大声应和着说："我来了，叶婶。"一面咬紧牙关站起来，吃力地挪动着僵直的双腿，拉开门，脸上堆满歉疚的表情。我说："实在对不住，请您再等5分钟可以吗？就5分钟。"

"没关系。"叶婶立刻说。

叶婶脸上的焦急已换成了她标志性的浅笑，"只要您还去，"她继续说，"我会永远等您的……"这时她好像突然发现了什么，居然一改总是低着头和我说话的样子，眼睛定定地看着我，嘴巴翕动了几下，但最终把话咽了回去。

我说："叶婶，我哪里不对吗？您若想到了什么，就尽管吩咐。我们虽然接触的时间很短，但我心里十分敬佩您，而且早把您看成我的长辈、亲人了。是，也许我很没出息，跟您的南烟没法比，不过我还是渴求您能把我当成自己的孩子。"

叶婶忽又更深地垂下头去，"使不得，使不得，"她诚惶诚恐地说，"直呼您的名字，就已经很不敬了。我是想，是想……如果您允许的话，我给您调理一下身体，因为我感觉，您昨天太累了，现在似乎还没休息过来。"

"好啊，好啊，正求之不得呢，那就先谢谢您了。"

叶婶让我站着别动，自然放松。她的方法很简单，但确实效果神奇。开始她只是将两只手的手心扣起来，轻轻拍击我全身，接着又用双掌一段段圈住我四肢，稍稍用力箍住，反复快速转动，然后就是顺着胳膊和腿来回大力搓动数次，最后又加大力量将第一个动作重做了一遍。哇，简直太不可思议了，我再动的时候，虽然仍微微有些酸，但居然都不疼了。叶婶这时浅笑着说先到楼下等我，我信心陡增，抖擞精神，轻盈地跑进卫生间，快速简单洗漱，然后背起客厅里昨晚准备好的行囊，飞身来到一楼。这是没办法的事，因为穿越北京女人临时的"家"是唯一的外出通道，谁叫老机械师的小别墅没有建造外用楼梯呢。我轻手轻脚，听见厨房里高压锅正发出哧哧的声响，一定是那个霸道女人在为宝贝儿子马骞做早点。没想到一个看上去养尊处优的家伙居然也会起这么早伺候儿子。可是马骞……我忽然瞥见身侧的卧室门仿佛轻轻动了一下，没错，那扇门已经被打开了一道寸许的缝隙，一双大眼睛正古灵精怪地观察着我。噢，那不是马骞吗？

我迟疑了一下，但随即又加快了脚步。我不想主动搭讪马骞，虽然我丝毫不讨厌他，甚至觉得他挺好玩的，这不仅是为了在门外等我的叶婶，更主要的是我太不愿和那个北京女人有什么瓜葛了。你想，像马骞这种官、富二代，一看便知就是那种老师经常挂在嘴上，拿笔杆子比拿锄还费劲的人，他怎么能够考上英国的大学呢？

除非太阳从西边出来。我当然不是在诅咒他，或者等着看他们的笑话，我才没那份闲心，只是不想让霸道女人因某些不必要的小事而迁怒于我。也许叶婶的做法更妥帖。

莫非我已被她所感染？

我望向门外，叶婶此刻正微垂着头候在铁栅栏外。院子里一片狼藉，那些围砌花草的砖被从地上刨出来，凌乱地堆在角落处，通向门口的小甬路也被毁掉了。真怀疑那个马太太是否某根神经发生了错乱，就说你趁几个糟钱吧，马骞在伯恩茅斯的小留生涯最多一年，你有必要如此大兴土木吗？就说你要买台车，老机械师的车，另外还有那么多车不是天天都放在街边吗？我在伯恩茅斯待了一年了，这座小城的人们虽说在一些方面很自由，但治安一直都非常好，难道你想买辆坦克或装甲车不成？不知道老机械师夫妇回来，见到这混乱不堪的场面会不会发生点什么。咦，按理他们今天也该回来了吧？ Andy的自行车已经不在了，也许此刻他已经飘出了市区。

心情忽然间格外好。

是的，我不属于那种特别强势的女孩，但Andy目前犹如中国人一样勤劳还不是全为了我？虽然北京女人霸占了一层和院子，可她貌似是那种井水不犯河水的人。而叶婶当然不可能欺负我了。老机械师夫妇不回来，那更好，不回来我就真的暂时成了这优雅小别墅的主宰者，无论怎样都比怡荷香园小区苏护士和夏编辑的家强多了，起码氛围不会那般压抑。

太阳还没有出来，远方的天空中还散落着几颗已失去光芒的星斗。我在前，叶婶在后，我催促着她，我们各背着一只大挎包，犹如两个怀揣远大抱负的跋涉者。我们沿着伯恩河南侧急急前行。前面不远处就是通向厄瓜茅斯苹果园的Yellow bus站了，我已经望见那醒目的孤零零的黄色站牌。我知道大约还有一个小时多一点儿就可以赶到厄瓜茅斯，用叶婶的话说，虽然路途远点儿，工作辛苦点儿，但想想果园那么大，品种如此多，成熟期各不同，我们可以连续采摘差不多一个半月。一个半月，那是多少哗哗的钞票啊！仿佛我望见的不是站牌，而是一堆五颜六色的欧元。我叫："叶婶，快呀！"

"米苏姐——米苏姐——"

身后传来马骞的喊叫声。我回过头，看见这贼小子正风风火火地追赶我们，他压着嗓子，显然是怕被他母亲听到。他追来干什么？有什么事吗？难道就是要告诉我Andy到底是不是我的菜？这未免也太小题大做了吧。我看看叶婶，征询她的意见。叶婶一个劲儿地摇头，同时加紧了步伐，竟跑了起来，在我稍一犹豫的间隙已冲到了前面。一辆Yellow bus此时正好从后面缓缓开过来。是的，我们不能太耽搁时间，因为还有一个叫朱里奥的大胡子等着我去战斗。我腾地甩开了双腿，比叶婶跑得还快。在马骞气喘吁吁地赶到站牌下时，我们的Yellow bus已缓缓离开。我推开车窗，探出脑袋，对着马骞喊道："马骞，对不起，有什么事回来再说吧。"

"米苏姐——是电话的事……"

后面的话已经听不到了。

三十八

在英国，大多数果园都会雇佣临时采摘工，除非个别综合性的大型农场。一般的方法是，临近果子成熟时，果园便开始通过专门的报纸打广告，而前来的采摘工也多半是三五个相熟的人自发结组，因为果园是通过我前面说的那种大木板箱来计算薪酬的，当然管理方只和组长一个人结算。大胡子朱里奥便是我和叶婶的组长。

我不知道朱里奥什么时间才能正式开学，换句话说就是他还要干多久，以我的了解，高中留学生距离开学时间大约还有三四天，但硕士生班就要晚得多了，那就意味着如果不抓紧想想办法，我和叶婶随时都有可能遭受那个铁蹄的肆意践踏。被恫吓、被欺侮还只是其一，更无法让人心平气和的是，我们还饱受他无耻的盘剥。我偷偷问过别人，一大木板箱是20欧元，我记得上午我们摘了5箱，下午6箱，那么全天的总薪资应该是220欧元，我65，叶婶70，那么他就是拿了85，足足比我多了20啊。你看看这个工于心计的家伙，给我和叶婶的薪资不同，这不是故意要在我们两个中国人之间制造不和谐吗？他是生怕我们团结起来啊。说真的，叶婶比我多，我一点都不计较，因为我心里早已把她当成亲人了，更何况叶婶本来就比我摘得多。可你大胡子凭啥拿那么多？三人中你是摘得最少的啊。

就凭你是狗屁组长？

哎，提到组长，这似乎倒可动动脑筋，因为所有采摘组的组长，都并非果园任命的，也不是每个组的组员选定的，而是谁带来并组织了本组成员，谁就自然而然地成为该组的组长。叶婶是大胡子朱里奥的朋友介绍来的，而我算是叶婶介绍来的，那么按照这种不成文的惯例，如果我或者叶婶，不管是谁，只要我们愿意，只要我们再找来一两个人，就可以另起炉灶，重新申请属于我们自己的编号的大木板箱，由叶婶做我们的组长，管你个狗屁朱里奥，你胡子再长再多再硬，就像野猪一样长相凶残，你不也得听我们的！愿意叫你留下，你就留下，不愿意你就只能回你原来的组，或者就此离开这里也说不定。我倒很想让他也尝尝被盘剥的滋味了。

但是我能找来人吗？去年的所有同学早已经曲终人散，现如今能联系上的已经没有一个逗留在伯恩茅斯了。看看别墅里的几个人，似乎只剩下 Andy 了。可我是绝对不能让他来，因为已经在普斯顿农场站稳脚跟的 Andy——先不谈我们今天的爱情和将来的婚姻——那可是我能长时间停留在伯恩茅斯的希望，一旦失去了他的固定收入，保不齐哪天我俩就有可能露宿街头。马骞倒是个不错的人选，但即便是他自己主动前来，我都要坚决阻止，因为毕竟他还肩负着家长的英国大学梦，我可不做把一个“好孩子”引上歧途的罪魁祸首。那么就只能靠叶婶了。叶婶在这里是否还有熟人？处处谨慎的她又是否愿意另起炉灶呢?

朱里奥一扫昨日的阴毒凶狠相。他比我们到得早，那顶花格子鸭舌帽不仅不再压得很低，而且帽檐居然还冲后戴着，这让人多少能感觉到一点儿他的阳光。见到我们，那两颗略显呆滞的大眼睛竟也神奇般地挤出了笑容，还有，他也不再冲我们叽里呱啦吼我根本分不清究竟是意大利语、牙买加语还是英语的屁话，他居然用汉语叫“叶婶”和“米苏”。我真的怀疑他是原来就会呢，还是昨晚专门向他的中国朋友请教的。他艰难地挤出难看的笑容，说:“叶婶，米苏，我们今天再加加油，争取摘12箱好不好?”

好，那当然好极了。

可狗东西，你的笑却欺瞒不了我们，你哪里是在冲我们笑，分明是冲那哗哗的钞票笑，你态度突然和蔼，还不是因那多得的20欧元?不行，我一定要惩治惩治他，先出一口恶气。可是怎么才能惩治他呢?我一面猛摘苹果，一面思忖着。我偷偷瞟了一眼正聚精会神伏在人字梯上的意大利人，是的，这个牙买加裔的混血儿虽然个子相对偏小，长相活脱脱一幅猴狲样，面目可憎，动作也不灵敏，但那古铜色的肌肤，以及那双与他身体比例严重失调的大手掌，一看便知是个体力充盈的家伙，何况我只是个从小就缺乏劳动锻炼的女孩，若与他拼干活，最后被累死的一定是我。譬如那搬来搬去爬上爬下的人字梯，说心里话，我一点自信都没有，若有说什么也得把它抢过来，叫他好好尝尝那直升机样的大黑蚊子的滋味，看没有叶婶的风油精不叮死你才怪！

朱里奥从人字梯上爬下来，这家伙看上去很轻松，他用弯起的手指轻敲着苹果筐，我知道他是在故意显摆这次摘的是满筐。他还鼓励我，“米苏，很累吧，浑身疼吧？不要紧的，不常干活，开始都会这样，但只要咬牙顶过三天，三天后你会像我一样轻松，加油！加油！我们向12箱冲击！”他张开大手掌赶跑一只在他胡子前绕来绕去的野蜂，向大木板箱走去。哎，不对，虽然他多在高处，但毕竟有下来的时候，我怎么从来没看见他轰赶蚊子，更没有听过他拍击蚊子的声音？再者——我忽然记起来，昨天午后醒来时，他就那样赤条条地仰躺在草地上，难道因为他毛发发达、皮糙肉厚，蚊子们根本叮不到他？也不对，他嘴唇挺嫩的，还有眼皮，鼻头颧骨耳际……这些地方都没有毛发，也没有粗糙到能折断了蚊子们的尖嘴。噢，是了，一定是蚊子们根本不叮这个家伙。我们周围的确有这种人，我们还偶尔开玩笑，说这种人是没有“人味儿”的人。

我不想再讨论蚊子为啥不叮他。

朱里奥挪动人字梯。这是果园的规矩，即每一棵树必须摘净，倘若一旦被果园管理人员发现哪棵树上还有遗留的果子，那么是哪个组所为，就要根据具体情况扣除部分薪酬，而且还要被罚重新摘净。这看起来似乎没什么不合理，因为谁叫你摘不干净呢，谁又知道不是你把难摘到的果子故意放弃的？但细想想这绝对属于霸王条款，因为既然重新摘净了，干吗还要扣除部分薪酬？但是明显作为弱势一方的采摘工，你能另有什么高招吗？没有。有本事你完全可以走人不干，没人强迫你。朱里奥在这方面绝对拥有天分，我都不得不暗暗钦佩，如果世间真有所谓的轮回，那么朱里奥的前世，肯定是一只猿猴类的动物，而且还是个非常聪明的头目。你看看他采摘，决不像我，哪里的果子扎堆儿就先从哪里下手，他是按照顺序顺藤摸瓜，一个树杈一个枝丫的摸排。我们没被罚还得亏他。

叶婶内心肯定遵从了他的号召。

是呀，像我们这种人，有哪个会对多挣钱心怀不满？我看见她比昨天还卖力，比昨天摘得还快，她把一个勤劳采茶女多年积累的优势发挥到了极致。她总是双手同时出击，一下至少摘掉两个。她还学习朱里奥的做法，每每蹲到地上，对底层的树杈和枝丫便按顺序各个击破。而我总是一只手握住枝丫，另一只手一个个采摘，所以尽管我一再提高出手和运行的速度，尽管仍然沿袭昨天——我摘的多为半身处的果子，才勉为其难地刚刚赶上叶婶。我们不能采取每个人一棵一棵树承包的做法，那样貌似很公平，实则并不公平，因为谁都无法保证每棵树上果子的数量是均等的，同时，也不利于三个人犹如竞赛一样相互追赶。而且用朱里奥的逻辑讲，一个人只有总是延续自己固定的模式，才可以逐渐因熟练而提高质量和速度。所以，即便我有心爬上人字梯试一试，这种破坏固定程式的做法，连叶婶心里恐怕都会不高兴。唉，看来想不出什么办法，先这样干着看吧，看看朱里奥下午将如何分配我们的收入。

三十九

这个黄昏，我闻着空气中飘散的各种酽酽的“英国美食香味”，挣扎着疲惫得已近虚脱的身体，第一次干了一件有生以来纯属居家主妇才做的事。我知道那些所谓的炸鱼、薯条和烤土豆，是没法跟咱们中国的满汉全席相提并论的——正如许多中国留学生和游客们说的，英国菜普遍都很难吃，因为英国人普遍比较“懒”，超喜欢像Tesco（乐购）里卖的那些精心包装过的肉和蔬菜类食品，这样买回家基本不需要洗，也不需要切，甚至都不需要任何调料，只需要拆封后一片一片煮或者直接放到微波炉里转几圈。所以英国的饭菜基本都是一种味道。

但是，只要你稍稍想象一下，一个浑身脏兮兮如同小乞丐一样的19岁的女孩，累极饿极，随时都有可能在街边晕倒，那么就会立刻理解，此刻的她为什么闻到所有食物的味道都觉得奇香无比。也许你怀疑我所说的，饿极？不会吧。果园里那么多苹果至于吗？难道他们派人看守不允许吃？这当然不会。只是若肚子里装的全是水和苹果，那种极其缺乏粮食和肉的感觉，便会使人忍不住从心底里感到慌乱。你知道此刻我是多么想念苏护士和夏编辑他们炖得稀烂的那种大猪肘子啊。我敢说我一口气就可以狼吞虎咽一整个。没有也不要紧，哪怕就是有大饼或馒头，就着咱那老咸菜和酱豆腐，我也会完全像一个饿狼。

自从下了Yellow bus，叶婶就一直搀扶着我。但她不是把我当成南烟，虽然已彻底改口，称赞的话语中一直叫我米苏，但是“您”字却始终不愿舍弃。“您很棒，米苏！”我无法猜测如果此刻把她换成了苏护士——我真正的亲生母亲，见了我如此不堪的样子，究竟是心疼还是解恨？叶婶还是比较赞许我的，就算这种赞许比较复杂，更多的是一个房客对Andy家未来的小主妇的赞许。但只要是赞许就永远胜过苏护士的蔑视和辱骂。“米苏，您真的很棒，您以后千万不要再说什么不如我女儿南烟，每个人都有自己的长处和劣势，就像您主动提出来要跟我去博文菜市场，就完全证明您很会过日子，很会持家。像您这样小小的年纪便懂这些，已经非常难得了。”

其实叶婶夸错了，我哪里懂得什么持家，还不是因为在车上接到了Andy的电话，说他要晚些才能回家，叫我自己准备饭菜。既然由我来单独完成这一切，我又从来没干过，那么当然是叶婶去哪儿，我就去哪儿了。

但是我没料到Bowen greenmarket会那么远，更闹不明白叶婶为什么要舍近求远，绕过pedestrianised street的大超市而走进一条狭窄嘈杂的小街。大超市里不是什么都有吗？不过，我没有问出来，因为我越来越觉得眼前这个外柔内刚的女人实在够精明，跟了她是决不会上当的。

Bowen greenmarket就坐落在这条小街上。严格来说，这条小街都是那种带有塑钢结构顶棚的菜市场，里面很大，很亮堂，也很干净。更令我精神为之一振的是，像这么一个类似于我家怡荷香园小区附近那个叫幸福道农贸市场的地方，里面弥漫的居然不是异味，而是让我的肚子顿时唱起了大戏的奶香、咖啡香、火腿香……记得小时候，我曾经坐在爷爷三轮车的后斗里从幸福道农贸市场里穿过，那叫一个悲催，我都不得不一路掩着鼻子。

现在我突然想逛逛这里了。

不是因为Bowen greenmarket一进门就能看到的各种赏心悦目的蔬果和那些姹紫嫣红的鲜花，老实讲，一连两天采摘，若不是时时刻刻用钱提醒着自己，见了苹果我都恨不得呕吐，而是因为我们才走进去大约十几米，眼前豁然出现了一个“海底世界”——一家家海鲜商铺，一个个透明而洁净的巨型水族箱，鱼类、虾类、蟹类、螺贝类、头足类（章鱼、鱿鱼、乌贼）应有尽有。不怕您笑话，光那二三十种鱼类有的我都叫不出名字。每个水族箱上都装有醒目的标牌，或红色或绿色，标牌上除了写有该种鱼的名称，再有就是价格。我看见有一个水族箱上竟然写着“Miss Fish”，我的英语虽没过雅思或托福，但这两个单词还是认识的，难道这种鱼叫“小姐鱼”吗？海里还会有这种怪名字的鱼吗，是不是写错了？不过我没问老板，也没好意思问叶婶，因为我不相信一个采茶女——即便她再见多识广，也多半不认识。然而，就因我在那箱前驻足了片刻，叶婶便从我的眼睛看到了我的心底。但她在任何情况下都不会忘了浅笑，仿佛那种浅笑是由某个篆刻家有意刻在她眉宇间的。

叶婶回过头，将浅笑着的眼神从我脸上一扫然后移到水族箱，不过以这女人的心智和机敏，断不会就直接告诉我什么，那样不就显得她知识丰富，而我孤陋寡闻嘛。果然，她说：“米苏，您要买小姐鱼吗？”其实她心里明镜儿似的，以我目前的经济境况，即便小姐鱼不是太昂贵，也不敢胡乱花钱。她之所以这样说，除了已经明明白白地告诉我那就叫小姐鱼，还有另一层意思，就是催我快走，既然不买就不要在此多浪费时间，我们还有许多正事要干，可不好随便观赏或闲逛。但是我还真的就想闲逛呐，这里的空气很清新，仿佛推开Andy家的后窗飘进来的那种淡淡的大西洋海腥味。无论怎样，我都感觉这里的每一样东西根本不是被售卖的，而就是用来供人们观赏的。我随着她，一路徜徉，但无暇观赏，干脆饶有兴致地数起了鱼的种类，数虾、蟹、螺贝的种类，最后数不过来了，因为叶婶走得太快，她还一直紧紧抓着我的手。

过了活鲜就是冰鲜，冰鲜的种类更多，我早已目不暇接。令我赞叹不已的是，冰鲜虽没有那种海底世界的感觉，但也不是随意摆起的地摊，而是一个个长长的冒着雾状冷气的冰柜，所有冰鲜都处在明亮的日光灯下，那个洁净，那份精致，给人的感觉类似于海底小动物们的工艺品。叶婶依然没有停留，是呀，我已经看过吃过她的饭菜了，想来南烟妹妹若不回“家”，即便她再苦再累，也还是舍不得犒劳自己一顿的，她的菜总是那几样普通的绿色植物加一点零星肉末。

终于看见各种肉类了，叶婶在一家鲜猪肉商铺前停下来，她把浅笑放大了些，但她不看肉，也不看人家明码标着的价格，而是直接把浅笑送给了老板。她说："Hey, boss, you are in good spirits today, ah ?"（嘿，老板，你今天精神不错啊？）

嗯？我一下子简直被惊呆了，叶婶居然能说英语，而且说得还很动听，就像她说的带有闽北味儿的汉语普通话，轻柔，舒缓。这哪里是一个采茶女？哎呀，人家什么时候说过自己是采茶女了，还不是看她摘苹果的装束和动作，我妄自揣测的嘛。那么叶婶到底是干什么的？

其实叶婶究竟是干什么的这一点儿都不重要，重要的是她对英国菜市场购物习俗的熟知，原来在这里买东西，不仅比超市里更新鲜更便宜，而且还可以砍价，而砍价的窍门在于先赞后评，只要你把老板说得飘飘然了。譬如，叶婶一上来就夸那个老板精神状态很好……他一高兴，肯定会给你一个非常低的价格。后来我才知道，许多来英国留学的中国寄宿生，更多人采取的正是这种饮食方式。只要你自己会做菜，在菜市场买回原材料自己做，时间久了就可以省下一大笔费用，而且还总能吃上健康的家乡味。就说今晚，我们共同买的几样菜，胡萝卜、豆芽、菠菜、青椒、西红柿和扁豆，外加一点猪肉和鸡胸肉，据叶婶说，我们每人就可以省下六七欧元。

而且，你再看看那些青翠欲滴的菜，不用问，准是原生态的农家菜。

在Bowen greenmarket另一端出口，还设有许多小摊、Pub、咖啡屋、冷饮店和速食店，我看见了手抓饭、纯正的芝士、粗黑的全麦面包和不停滚动的火腿肠。噢，真是太好了，简直就像给我预备的一样。我不顾一切地扑上去，不过我没忘了现学现卖，我学着叶婶的样子和腔调，也对人家笑了笑，然后分别指了指面包和火腿肠："您好！老板，恭喜发财！您的面包很漂亮，火腿肠很新鲜，您真是个聪明的商家，看上去就和蔼可亲，能便宜一些吗？再便宜一些吧。"

早就跟您说过了，我的英语很一般，基本上跟Andy说咱们汉语似的，一个单词一个单词地往外蹦，甚至有的单词的音都不一定准，我只是心里想着汉语，胡乱地说："Good...nice...beautiful ...very smart...amiable...Cheaper？ Then cheaper？"我最后还努力说出了一个完整的句子，"I will also next to you this（我下次一定还来您这儿）."但是，哈哈，那家伙不知是不是没听懂我的赞扬怎么的，竟一点儿都没有便宜。我狐疑地看叶婶，叶婶脸上的笑像一大朵灿烂别致的牡丹花。

四十

老机械师和他的傻女人仍旧没有回家。其实这点我早该想到的，不然Andy也不会叫我自己买菜做饭。只是我有点想不通，英国人就那么没有人情味吗，这可跟去年我是“小留”的时候，他们对我那份无微不至的热情大相径庭。不是说去了温彻斯特吗？那里我虽未去过，但早就从Andy口中获得了大概印象。那里虽为英格兰南部古城，虽是他们最伟大的国王阿尔弗烈德大王的诞生地以及他的王宫所在地，但整座古城占地面积不大，而且也不外乎就那么几个还算稍有名气的历史性景点，诸如温彻斯特大教堂、城堡大厅、城市博物馆和罗马时代遗迹的西大门。难道他们会为了在温彻斯特“高街”或“The Square”购物而乐不思蜀，还是退休了，干脆来个老年恋，在那里度蜜月了？事实上两座城市的距离还是比较近的，如果想回来，连夜开上他们的两厢福克斯，即便车旧点破点速度慢点，也会很快就可以到家的。别是根本就没去那里，而是去了欧洲其他国家吧？要知道欧盟国家之间出入境是相当便利的，如果从伯恩茅斯去浪漫的法国，那可是分分钟就到的事。

Andy也没有到家，我都洗完澡做完饭了，他还没有到。他在普斯顿农场通过操作电脑对奶牛进行清洗消毒，他说过，这工作一般每天下午4点前就基本结束了。难道是因为去中国找我耽搁太多时日，被更换了工种？新工种常需要加班，还是他的破旧自行车在路上坏了？哎呀，傻乎乎的家伙不会自己推着自行车一路走回伯恩茅斯吧？也不对，他在电话里说得很简短，只说要晚些时候，但大概要到什么时候他没说。如果是上面两个原因想必他就说了吧。我忽然想起他在电话里闪烁其词，好像是在故意隐瞒晚到家的原因，这让我陡地想起昨晚他那副一直神不守舍的表情，难道他那迷离、带有些许紧张和不自信的焦灼、仿佛犯了错误的目光也都是在故意躲避什么？那么他究竟要躲避什么呢？

这晚真是有点奇怪，马骞似乎也没有回来，其实他们小留班还没有进入正式的上课期，还属于第一周熟悉校园阶段。他母亲——那个自我、霸道、不可一世的北京女人同样不在。而叶婶这个神秘人干什么事都好像很利索，她已经早早干完了所有事，包括洗今天的脏衣服和打点明天的行装。楼上已没有任何动静，她应该已进入了她的不知是复杂还是简单的梦里。老机械师的整个三层别墅一派静谧，外面灯影里凌乱凄凉的院落，随着夜幕降临，渐渐在我心中升起扑朔迷离甚至诡异的感觉。这种感觉使我躁动，于迷茫中掺杂着丝丝怯意，隐约感觉今晚会发生什么事情。

我站在客厅的窗前，频频张望着铁栅栏外的街道。我茫然地攥着手机，考虑要不要给 Andy 打个电话。我不想问他晚到家的原因，他不是个离谱的人，既然晚回来，就一定有他的道理，既然不说，就一定有他的难言之隐。我只想告诉他，我实在太累了，想先睡了，叮嘱他尽量早点回家。我也在犹豫，要不要给怡荷香园小区打个电话，因为今天凌晨，马骞在追赶我的时候，他曾对着 Yellow bus 高喊有关电话的事。那么这个电话，我想只能是苏护士或夏编辑，因为他们不知道我的英国号码，只能拨打老机械师一楼的座机。俗话说“父母在，不远行，行必有方。”可我……这叫什么“方”啊！是，苏护士的言行是有点过激，难道我做的就是全对吗？

铁栅栏门外忽然停下一辆Taxi，一个大屁股女人匆忙从里面钻出来。是北京女人，这可不像一贯优雅的马太太。她似乎已不在意其臀部摆动是否还像T型台上的模特，不等Taxi离开，她就大踏步紧冲几步，一面推动已被叶婶关闭的铁栅栏门，一面冲别墅里高喊：“马骞，马骞，你回来了吗？”这时她停止了前冲的脚步，双手紧紧抓住铁栏杆，身体不由自主地摇晃了几下，显然是楼里没有回音给了她沉重的打击。她颓丧地站在那里怔了片刻，偶一抬头，发现了二楼窗口的灯光，也许是灯光里的我陡然使她升起了某种莫大的希冀，她霍地从铁栏杆处弹开，居然冲我急急地摆了几下手，接着不顾一切沿着坑坑洼洼的院落向别墅里猛跑。

我听见了她上楼的脚步声，比上一次还要急，不过比那次要轻巧得多。上次是我无厘头号啕大哭，点燃了她旺盛的肝火，她用恶毒的话语来兴师问罪，并指责叶婶对我的劝导。可今天我并没有得罪她，我想，如果她再敢侮辱我不好好读书，就知道瞎搞之类，那么我就丝毫不留情面，起码要大骂她仗着老公贪污受贿得来的不义之财，跑到英国来到处撒野。我打起百倍的精神，怒视着楼梯口，准备和她来一场一决雌雄的战斗。我看见了那张脸，这是我第二次比较专注地看这张脸。噢，我说马骞为啥那么白皙，那么伪娘一样的俊俏妩媚，原来这女人不光是因了腰缠万贯才不可一世。第一次看她时，那张脸正处在发怒的扭曲状态，当时只注意她专横跋扈了，事实上若不知道她是马骞的母亲，准会误以为这女人顶多二十七八岁。她的资本还不仅这张脸，不要觉得大屁股女人的身材就一定臃肿，她虽称不上是那种小蛮腰，可她的腰身真的比我粗不了多少，是个非常正点的熟女。

她温和地冲我笑着。

她居然冲我笑，而且还那么温和可亲。她的笑要比叶婶的可亲多了，叶婶虽看上去颇为慈善，但总给人一种仿佛隐藏了什么的距离感。别是北京女人今天吃错了什么药吧，我冷漠而小心地盯着她。她已经放缓了急不可耐的脚步，虽不像平日里那样，可也不愿完全放弃她自认为高人一等的身份。她一面款款地朝我这边走来，一面笑吟吟地打招呼："你好，苏米侄女，可否打搅你一下，你现在说话方便吗？"

是她家马贪官犯事了？怎么突然自贬身价，主动和我套近乎？我不作声，奇怪地看着她。她已走到我跟前，继续说："是这样，苏米侄女，我想向你了解一下，伯恩茅斯大学的高中留学生们，是不是平时偶尔会有逃课的现象？"

我仍旧不作声。

"嗯——噢，其实我是想了解一下，在伯恩茅斯，一般留学生们若逃课了，常常会到什么地方玩呢？"

哼！还敢跟我装！

我一下明白了，一定是马骞逃课，去校外玩了，此前她一定去学校和其他某些地方找了，但没找到，而且到现在都还没联系上。刚才铁栅栏门前的那一幕已经明明白白印证了一切。该！你不是笑话我不好好学习吗？看看，你儿子刚来就和我一样了。

于是我逗她，我要看看这女人究竟能把圈子兜多大。我装糊涂，学叶婶，也称她为马太太，不过我的腔调明显加进了揶揄和挖苦。“逃课？去校外玩？我说马太太，您什么意思？我不太明白。难道您不知道他们第一周是不上课的吗？既然不上，那您说的逃课是指……”

她温和的笑就这么简单地转为尴尬。我心里一阵快慰，似乎她立刻失去了耐心。“苏米，我是指平时，又没说现在。”

“噢，您说平时啊，这个怎么向您汇报呢，平时是有这种现象，但那都是个别不遵守纪律的坏学生所为。至于他们逃课常去什么地方，那可就多了，也不一定非在伯恩茅斯哦，我听说，有的还去伦敦和欧洲其他国家玩呢。”

她的脸又开始慢慢扭曲，没想到这女人如此易怒。“苏米，请你庄重点儿，不要调侃好不好，我是很真诚地在向你了解情况。”

“噢？对不起，我还以为您是和我随便聊聊呢。那既然这样，马太太，我也就很庄重地先和您声明，我不叫苏米，而是叫米苏。另外，我还要非常令您失望地告诉您，我不是坏学生，不知道那些逃课的学生会到哪里玩。”

北京女人这时完全原形毕露，她十分鄙夷地冲我一摆手，极其不屑地说:“停停停，你爱叫什么叫什么，没人愿意知道。”她突然非常怀疑地审视着我的眼睛，“你老实告诉我，昨晚我儿子是不是上楼来找你了？还有今天凌晨，他跑出别墅，是不是到大街上追你去了？”

我立刻夸张地下沉了一下嘴角，同样轻蔑地“哼”了一声，“你儿子的事，你去问他好了，别来烦我。”

女人气急败坏，眼露凶光，恶狠狠说:“警告你，小贱人，你若敢勾引我儿子，我就雇用黑社会灭了你!”她噔噔几步离开了二楼。不知怎么，看着她急火攻心的样子，我忽然发现，她身上居然有苏护士的影子，她们都敏感、多疑、易怒。以如此性情，她定是早晨怒批了儿子，而马骞的不归算是正式向她宣战?

四十一

我不知道Andy是什么时间到家，又是什么时间离开的。他突然变成了夜半幽灵，不仅鬼魅般侵入了我的房间，挪动了我因为等他侧卧在床边不知不觉睡死了的身体，给我盖上被子，在枕边放了50多英镑，而且还悄无声息地用手搓洗了卫生间里所有的脏衣服。

说实话，对Andy偷偷做的一切，我一点儿都感动不起来，反而隐隐产生了丝丝忧虑。我认为他与我的爱情不应该这么经营，在异国他乡我最需要的是以诚相待。Andy一定是发生了什么事，以至于傻呵呵的他从第一天下班回来就开始对我闪烁其词。不知这与狡猾的老机械师是否有关，莫非是他老爹见我没有考上英国的任何高等院校而改变了主意？这也太岂有此理了吧！也不好好想想，我若真成了牛津或剑桥等的学生，你傻儿子还会有今天的机会吗？

不过Andy确实还在疼我，也在继续执行着我的主张——我跟他说过，现阶段我俩必须节俭，必须努力挣钱，尽最大可能攒钱。我告诉他，在我们中华民族的传统文化中，有一句古训叫“贫贱夫妻百事哀”。所以，即便我同意和他在伯恩茅斯裸婚，那也是需要一定资本的，我们不可能天当被地当床，身披树叶，每天喝西北风。现实的严酷不允许我们毫无理性只知道浪漫。莫非Andy除了普斯顿农场的工作，又在伯恩茅斯找了另一份小时工？我不怀疑他爱我的程度，更不怀疑他从Gulmtree小镇骑车赶回来是否还有这样的精力，但是Andy骨子里的东西，那也是很多伯恩茅斯人非常鄙夷的事情，即使他们迫不得已，也都不愿做在餐馆里刷盘子、在大型超市做清洁或在宾馆里做housekeeper之类的工作。记得我在Taipei cabaret做厨房勤杂工的时候，他就曾狂躁地阻止我，要我不要干那种工作。

他会为了我而改变吗？

Andy到底在干什么呢？

两个沧桑的跋涉者准时出现在伯恩河边的大街上。秋天的晨风夹着大西洋的海腥味，凉飕飕地吹打着我们，我蜷缩的身体不时地打着冷战。我一面走，一面想着Andy，琢磨着Andy。一辆黄色的公交车几乎和我们同时到站。我机械地跟着叶婶，登上那辆Yellow bus。可就在这时，不知从哪儿突然冒出个人来，倏地就贴到了我身后，他居然扒着我的双肩登上车。他鬼爪子一样的双手不停地瑟瑟发抖，我甚至听到了他上下牙齿咯咯的撞击声。莫非是该死的Andy，否则谁会做出如此大胆的亲密动作？不，怎么可能是Andy呢，该不会是伯恩河里的冻死鬼吧？心头正纠结，我已被来人推推搡搡地挤上去，车门也顺势关闭。这时我才得以回头，哦，原来是马骞。

马骞已哆嗦成一团儿，双唇青白，面部看上去很僵硬，越发像一个让人怜爱的伪娘了。看来他一夜未归，那么那个不可一世的马太太岂不是已一天一夜没有见到宝贝儿子了？老天真是会安排，她眼高于顶唯我独尊颐指气使，别人治不了，倒叫她儿子来对付她。该！就这样急死你才好！嗯？不对呀，他跟着我干什么？她老娘若知道了此事，还不真找黑社会灭了我？

我眉头紧锁，质问马骞："马骞，你上来干什么？下站赶紧下去呀。"

马骞摆动着颤抖的双手，嘴里哼哼唧唧的，也许是被冻得暂时说不出话来了。

我用手指着他鼻子厉声说——仿佛他耳朵也被冻坏了似的——

“警告你啊，马骞，不许再跟着我了，我可惹不起你妈。”

马骞仍旧不说话，开始用双掌猛搓自己的面颊。我借机寻找叶婥，以求她也过来帮忙，劝说马骞赶紧下车回家。可叶婥一扫往日的慈善，早已走到最后排坐下，歪着头，冷冷地望着车窗外，那样子就跟完全不认识我和马骞一样。

马骞总算暖和一些了，他抖着嘴唇诘问我：“我说……米苏姐，你还好意思问我？这不都怪你和你家Andy哥吗？”

我？ Andy？关我们什么事？

我有点惊讶地看着马骞，等待他的下文。但是马骞这时也突然变了，他仿佛突然就不是那种话痨了，他缄口，审视着我，不知想从我脸上或眼睛里看出什么，片刻后竟吞吞吐吐地转到了别处。“我的好米苏姐，算弟弟求你，你就叫我跟着吧——好吗？好的。”

见马骞忽然摆出一副可怜兮兮的央求相，还学起了二人转演员丫蛋儿在北京台春节晚会演小品那样的自问自答，我扑哧笑起来。我笑着顺口回答：“呵呵，叫你跟着我？你知道我要去哪里？去干什么？”

马骞捉住我不置可否的话语，一下子恢复了本来面目，“米苏姐，嘿嘿，这个当然难不住我了，别看你骞弟学习不行，可学习不行不一定脑子笨，毫不夸张地说，我侦查破案肯定是个高手。你不知道我从小就喜欢看悬疑侦探类小说，我天生就是个当探长的料。不过咱可说好了，只要我说出来，说对了，你就一定得同意我跟着去——你们是去厄瓜茅斯苹果园，去那里打工对不对？实话告诉你米苏姐，其实我对摘苹果也非常有兴趣，我向你保证，不但不会给你添乱，还会帮助你。你现在一天不是可以挣到七八十欧元吗？我去了，虽然我身体素质不怎么好，但怎么着也可以让你增加三四十元，所以准能让你一天过百……”

我把停止的手势几乎举到他眼前了，才勉强阻止他继续讲话。我看了一眼叶婶，板起面孔，一字一顿坚定地说：“不行，马骞！我告诉你，我——不许——你跟着我们！”

但没料到，马骞居然突然像女孩子一样撒娇耍起了赖皮，而且他不但耍赖皮，还说出了一条令我立时瞠目结舌无言以对的理由。他从他眼前抓住我双手，一边左右摇摆着，一边说：“嗯——米苏姐，你叫我去吧，不然我怎么办？我家老太太会很快找到我的。我相信，只要我能再坚持今天一整天，老太太的精神就一定会全面崩溃，到那时，我就会取得全面胜利，胜利后我就可以要风得风要雨得雨，想怎么要挟她就怎么要挟她了。”

“那也不行！”我大声说。

“不行也得行，米苏姐，本来我不想说，因为我发现你似乎真不知道，怕伤害了你与Andy哥的感情，谁叫他帮着老太太到处找我了？伯恩茅斯那么小，有他指挥着四处搜索，我焉有不被发现的道理？”

“停停，你说什么？谁？ Andy？”

“没错，就是你家Andy。怎么了？”

“不可能！”

“为什么？”

“甭管为什么，我说不可能就是不可能，你如果再诬赖他，小心我真和你急眼。”

“哼哼，米苏姐，那恐怕要让你大失所望了，告诉你，在我家老太太眼里，这世间就没什么不可能，她的信条是既然人民币可以打败人民，那么英镑也一定能打倒英国佬。”

“可是……”

“没什么可是，米苏姐，你别再固执了。是，我承认，Andy一看就是那种‘米饭’哥，是个好人，而你也一定能管住他。但谁说好人就不喜欢钱了？我还是深信自己的眼睛的，这一夜我都看见他们两次了，不信你打电话问问，说不定他们雇用的出租车此刻就在咱们附近转……”

街灯在马骞滔滔不绝的讲话中不知不觉熄灭了。

四十二

我没给Andy打电话，因为我仿佛已经看见一个高高瘦瘦的英国男孩带着一个中国女人，急急火火地行走在那些中国逃课生经常出没或者可以在夜间暂时“委身”的场所。我无法猜测一向疾恶如仇的他为什么要那么做，为什么要帮助一个他非常讨厌的人。还有我根本无法理解他为什么要故意隐瞒我——那辆破旧的自行车明明不在别墅院内，如果没被他骑走，分明就是被藏在了某个地方。是出于他本性的善良，还是真为了钱？但不管怎么样，也不该不去上班，更不该瞒我啊。本来我也一直以为能够完全管住他的——虽然我并没有那样的欲望，但是现在看来……

呵呵，其实又有什么好“看来”的呢，事实上我一点也没有陷进去。我们之间不是什么都没有发生吗？他是他，我是我，直到现在我顶多算一个稀里糊涂撞到伯恩茅斯的沙发客，所以我大可不必纠结。

马骞还在滔滔不绝地讲，性感的嘴角都溢出了细碎的唾液沫，这让一个看上去绰约妩媚的伪娘多少有点肮脏而令人生厌。但是我脑子里乱糟糟的，思绪一直没在他说的话上。他好像在分析Andy到底是不是属于我的菜，他说他看出我是一个非常简单且单纯的人，有点小萝莉，若从这点论，我和Andy定可以非常安逸地了此一生，也就是说，如果地球在未来没有被毁灭，也没有发生第三次世界大战，那么我俩必然可以在这伯恩茅斯白头偕老，但是恐怕永远不会产生那种激情洋溢的爱情火花，似乎也永远过不上那种自在逍遥大富大贵的日子。直到yellow bus驶过了一站，马骞的话题转到厄瓜茅斯苹果园，我的意识才回到眼前。是，何必执迷于Andy？还是想想大胡子朱里奥吧。

马骞可是天赐的良机。

绝对，大胡子朱里奥绝对是个自私自利的坏蛋。这个坏蛋，虽然第二天对我的态度发生了180度转变，但是在钱的分配上依旧那么恬不知耻，我70，叶婶75，而他95，不但继续在两个中国人之间制造矛盾，更关键的是，他有什么资格比我多25欧元？要知道我的体力真是争气，简直有如神助，再也没有发生像第一天那样浑身疼痛的现象。不管是我还是叶婶，都比他摘得多。我望向车后座，叶婶木然的脸依然对着车窗外，貌似若想说服她，由她带领我和马骞另起炉灶恐怕是异想天开，那么就只有期待马骞了，鬼机灵的马骞一定会有好办法，但是他能听我的话吗？

我试着讨好他。

通往远郊的yellow bus车速很快，我拉着他，我们一步三摇地走向车后排。马骞就是机灵，我一用力捏他手指，他就明白了光说服我似乎是不够的。于是他像个日本人那样，立刻走到叶婶身边，冲叶婶深深一鞠躬："叶婶，您好，拜托您了，给你们添麻烦了。"

听到有人叫她，叶婶再不能装作视而不见。她诚惶诚恐地站起来，也给马骞深深鞠了一躬。她说："您好，马少爷。"

叶婶这一突兀的举止和称谓丝毫没雷住马骞，看来马骞早已领教过她的怪异与神秘。气氛霎时变得异常尴尬。我赶紧从中调和，笑着征求叶婶的意见，"叶婶，您看，马骞他很想体验一下在国外农场劳动，我们就叫他跟着干一次吧。"

叶婶眉宇间漾起她一贯的雕刻般的微笑，“全凭您，少夫人，全凭您做主。”

我倒突然被她雷住了，万没料到她会又重新管我叫起了“少夫人”，而且，你听听，一句“全凭您做主”是不是就把她自己摘得干干净净了？再厉害的马太太也不会问罪到她头上了。

马骞可不管气氛是否尴尬，他一拽我，我们共同坐下来。马骞说：“你们是不是担心我家老太太会怪罪你们？这个你们尽管放心，放120个心，有我在，你们怕什么？她就是再有手段，只要今天我胜利了，我要她怎么对你们，她就得怎么对你们，不然我还跑。”马骞语调高亢，不时引来前面乘客讶异的目光，但他全然不顾，旁若无人。其实在这一点上，他已经不折不扣地秉承了他母亲的自我，也许假以时日这种自我的程度还能更甚，只是目前他年龄尚小，加上骨子里的那一点纯良，还没有学会霸道。

不过我们听话听音，不难辨出，马骞事实上还是比较忌惮他母亲的，当然似乎也不乏钦佩。他说，其实他了解他母亲并不很在意他来英国的学业，老太太只是希望在伯恩茅斯这个全世界最纯正的英语语境里，儿子能学得一口流利的英语口语。这样，老太太再花钱给他买个英国名牌大学的文凭，几年后回到北京，混进国家机关，有他老爸在前面披荆斩棘，他当然就官运亨通了。

我已经开始厌烦他，厌烦他过分“话语控”，厌烦他拼爹拼妈还采取轻描淡写的方式，尽管也许说者无心，但作为敏感的听者我却无法做到无意。他分明是在变相说明一切尽在他家老太太的掌控之中。我不知道这是不是仇富仇官心态在作祟，反正每每遇到某个同学炫父母，炫家财，我都会不屑地离开，若实在无法跑路，我便会随手找点什么，将耳朵严严实实塞起来。但是现在……现在我只能将心里的厌烦和鄙夷冷漠地挂在脸上，我不再附和他，任由他一个人毫不掩饰优越感地喋喋不休。而另一侧的“深宫用人”——我瞥见，虽然她仍旧正襟危坐，但脸上那种雕刻般的微笑早已不翼而飞。机灵的马骞这时似乎已意识到失去了听众，于是他话锋一转，突然赞起了南烟，“叶婶，您还不知道吧，南烟做了我们的President。”

他看叶婶。

叶婶嘴角儿猛然闪过一丝超复杂的笑意，虽然非常短暂，但还是被我不失时机地捕捉到了，它充分显示了一位母亲的骄傲。但可惜只是一瞬，叶婶就又恢复成“深宫用人”的表情。她装着懵懂，虔诚无限地看着马骞。马骞终于又轻松地滔滔不绝起来，“哦，叶婶，就是南烟妹子做了我们的会长哎，真是厉害。这次我们“小留”大体分成四个班，就她一个会长。她不仅学习优异、聪明睿智、成熟稳重……嗯，等等，别急，还有还有……怎么向您形容呢，还是用一句话来总结吧，就是南烟那股既谦和又孤高的气场，在全体同学面前一站简直威慑八方，一看就是名门闺秀。”

“不不不，马少爷，马少爷，”叶婶一面慌乱地急速摇头，阻止马骞，一面怯生生地说，“马少爷，您快别夸她了，她哪里是谦和孤高，她是不懂事，不会说话，而且性格孤僻，所以以后您尽量别理她，免得惹您生气。”

“怎么会是孤僻不懂事不会说话呢……”马骞还想继续，他分明没听出来人家实际上是在婉拒和他这样的人来往。我赶紧岔开话题。事实上，到了此刻，我才算多少懂了一点这个简直如同被层层迷雾笼罩的闽北女人，马骞那句总结南烟的话说得很切合，她正是那种表面上装得非常谦和甚至卑微，而骨子里实乃无比孤傲的人。我是生怕他哪句话说得不中听，让叶婶的孤傲占据了主导位置，如此，到了厄瓜茅斯苹果园还指不定会发生什么事，比如她会不会轰走马骞？轰走马骞倒不算什么，可她会不会联合大胡子朱里奥一起甩了我？ Andy已经令我越来越迷惘了，如果再陡然失去这份收入不菲的工作，恐怕我真会成为伯恩茅斯街上的流浪女了。于是我当机立断阻止马骞，“马骞，”我大声叫他，“你见过长在树上的苹果吗？”

马骞回头……

四十三

朱里奥明显感到了危机。这个牙买加裔的意大利人——看上去仿佛比普通人进化迟缓了数万年的大胡子，却是个非常识时务而且很会见风使舵的家伙。另外学习外国话似乎也颇具天赋，总之他现在的汉语真是精进了不少，听上去比Andy的都好多了。在领取了大木板箱和四个藤条筐后，朱里奥开始围着叶婶打转，我已经听不到他那最初不知属于哪国话的只言片语，他完完全全说中国话，而且还总是拿捏着口气和分寸，他不再像个组长一样采取吩咐和命令的口吻，而是处处和叶婶商量，甚至让叶婶带领我们走进今天要采摘的园区。

他也以关切的方式主动和我套近乎，他用比一般人长出一截儿的手指轻摁我腿部和臂膀的肌肉，眨着大眼睛，努力摆出笑吟吟的表情，问我还疼不疼，如果还疼，我们今天就少摘些。他放下威严拉拢马骞，“米苏，这位帅气的小弟弟叫什么？”我告诉他名字，他就嘟嘟囔囔的，“马骞……马骞……哎，小弟弟，你怎么不叫马万或马亿呢？”一句话，我们三个都愣住了。马骞看着朱里奥反问道：“为什么？”朱里奥一本正经地解释，“你们中国那么多人，万和亿不是更能体现数量吗？”

“我说胡子大哥，”马骞也一本正经地纠正朱里奥，“这毫不沾边，我那个‘骞’不表示数字。”

“那表示什么？表示牵马？为什么要牵马？难道你家是草原牧民？”

我们三个越发地愣怔了，但看朱里奥胡子丛生的皮肉间此时已漾开欢畅的笑容，我们几乎同时醒悟，噢，这个看上去不苟言笑的东西，原来是在故意开玩笑。于是马骞一跃上前，抢下朱里奥的鸭舌帽，也像他那样帽檐朝后扣在自己的脑袋上。

我本期望马骞替我“报仇”的，但谁知这两个东西不多时反倒“狼狈为奸”地搞在了一起。朱里奥这天甚为奇怪，一反常态，他恍惚一下子就不把钱看那么重了。马骞哪里会干活，他恐怕从来都没有干过任何活，说不定他还以为苹果是悬在藤上或像马铃薯一样长在土里呢，你听听他那一声声的惊叫：“哎呀，苹果树这么高吗？哎呀，苹果咋又这么低呢？”他说我像小萝莉，我看他这个伪娘才更像是故意卖萌的小萝莉。这个朱里奥莫非有同性恋取向？不然面对马骞女孩子般的声声尖叫，他为何表现出那般从外到内的赏识？再者，马骞也决不像他自己所说的那样对摘苹果感什么兴趣，看看，我们每人都摘了三筐了，而他连个可怜的筐底都没盖上。我此时轰的一下有所顿悟，马骞根本不是来尝试摘苹果的，也许是正想回家，也许是远远地正巧发现了我和叶婶，当然如果就他一个人躲到伯恩茅斯乡下的某个地方，他对付不了孤单，或者干脆没那份勇气，所以才心血来潮临时决定跟着我们来耍耍。如果真是这样，那么他的话就可能半真半假？

莫非 Andy 并不曾领着北京女人满大街找他？

太阳不知不觉升到了半空，微风也不知何时悄悄止歇了。秋季的伯恩茅斯昼夜温差极大，凌晨简直冻得人要死，现在加上不停的劳作又热得人呼吸困难。我和叶婶脱下外套，涂抹上风油精，继续投入战斗。安静的苹果园对于马骞早已失去了新奇感，我们再也听不到他一声声的尖叫，他干脆把腹前的藤条筐卸下来远远地扔到一边。他折了一条树枝揪掉上面的叶子，一面挥舞玩耍，一面懒散地围着果树转悠。他偶尔也把手中的树枝插进茂密的枝丫间撩起来看一看，间或遇到个别长相畸形的苹果，譬如就像两个连体婴儿那样的连体果子，他会情不自禁地发出一声轻叹。这时温暖的阳光痒痒地照在他身上，把他身体里的水分渐渐地催发出来。夜里隐匿在浓密树叶间的野蜂和蚊虫们，也都相继重新“活”过来。它们嗅到了从马骞这个伪娘汗液中源源不断散发的体香，开始兴奋而幸福地追逐着他。于是马骞开始生气了，他用树枝抽打和他游戏的野蜂，用手掌拍击和他亲昵的蚊子，随着不断地抽打和拍击，马骞嘴里愤怒地嚷起了要和蚊虫们的娘亲发生关系的粗话。

朱里奥似乎已消除了危机感，他表现出少有的快慰，站在高高的人字梯上，他一会儿喊“马万”，一会儿喊“马亿”，不知是发音有误，还是故意，有时候他竟哈哈笑着喊“蚂蚁”，后来干脆喊马骞为“牧羊女”。他笑得满脸团团的大胡子就像抖动的羊贝贝。他把一筐苹果送去大木板箱，捡回马骞的藤条筐，连哄带蒙地重新给他挂在腹前。他看上去很认真地给马骞介绍经验，他说：“牧羊女，像你这种细皮嫩肉的，皮肤是甜的，血液也是甜的，蜜蜂和蚊子自然超级喜欢。”他一扬下颌，用翘起的胡子指向人字梯，怂恿马骞，“牧羊女，你上去试试看，树下没风，上面还是有丝丝风的，有风就没有蜜蜂围绕，也没有蚊子叮咬你了。”马骞将信将疑，趔趄着走到人字梯下，抬起颤巍巍的双腿，一级一级地向上爬去。他的惊叫随着步步升高又一声声响起来：“哎哟，不行了，哎哟妈呀，我真的不行了。”最后还不等下来，他脚下一滑，竟真的出溜一下摔下来。马骞躺在草地上，再次扔掉藤条筐，双手抱住屁股，“哎呀妈呀”地翻滚着。朱里奥这时狡黠地望了一眼叶婶，得意地登上人字梯。

他不再理睬马骞。

叶婶一直没说话。

其实她早已用耳朵听明白了一切。她当然明白了，以她“御姐”般深藏不露的智慧和机敏应该早就猜透了朱里奥的纵容和用心。因为现在连我都看出来了，朱里奥那狡黠的一望，那得意的一登，还有他那突然的不再理睬……都已明白地说明了一个铁的事实，那就是马骞绝对是个没用的东西，谁都别想打“另起炉灶”的坏主意。其实朱里奥哪里晓得，莫说叶婶，我心里就压根儿没考虑会拉着这个废物另起炉灶。我鄙夷地绕过马骞。他已不再“哎哟妈呀”地叫唤，他闭着眼睛，眼角淌出了泪水，他对着天空发出委屈的号叫：“我要回去——你们谁送我上 Yellow bus——我要回去——”

马骞的呼天抢地突然引来了一群人。走在前面的是给我们分发大木板箱的果园管理人，嗯？紧跟其后的那个身影为何那般熟悉？噢——我一声长呼，他不是我去年的班主任 T 吗？他怎么到这里来了？后面怎么还跟了两个警察老爷？哎呀，糟糕！北京女人也在。这下完了，这些人一定都是北京女人带来的，我的心一下子跌到了谷底。T 也几乎同时认出了我，脸上顿时浮起一阵愕然。我陡地停下来，身体正好挡住躺在地上的马骞。T先于众人走近我，“Misu Xia（夏米苏）？Are you Misu（米苏）？”

我冲T轻轻点了点头，“你好，老师。”

T摊开双手，耸耸肩，撇撇嘴巴，“In this way，I am now Ma Qian’s class teacher（是这样的，我现在是马骞的班主任）……”这家伙都当了两届“小留”班班主任了，班里大多数是中国学生，但他还是不说一句中国话。众人的脚步声没有让马骞动弹，但T的话只说了半截，马骞便一骨碌，噌一下坐在了我旁边。此时来人都看见了狼狈的马骞。北京女人的脸一下扭曲起来，她一个箭步冲到我跟前，还不等众人有何反应，就凶神恶煞地抡圆了胳膊，将一个脆生生的耳光抽到我脸上……

四十四

这个黄昏，伯恩河边的小别墅里，发生了一场惊天动地的战争。我冷眼旁观一切，就像看一场与己无关的闹剧。战争从我一踏进小别墅的院落便开始点燃引线。当时两个中国农民工模样的人，正蹲在地上铺着路砖。北京女人站在他们面前，一面啃着煮玉米，一面凶巴巴地朝别墅外观望。见到我的身影，她命令他们说：“她来了，你们准备。”两名农民工不紧不慢地站起来，他们踌躇着向门口走了两步，又停下。北京女人突然提高了声调，“我警告你们，这事不干好，工钱就别想拿！”两个农民工被迫再次挪动脚步。

这时我忽然看见了Andy——战争的另一方，他似乎一直窥伺在某处，就像一道黄色的闪电，只觉眼前一晃，便挡在了两名农民工身前。

“What to do？ Wanker（干什么？贱人）！”

随着一声厉哮，Andy脱掉黄色上衣，猛地摔在地上。我还从未见过这个老实人发如此大的脾气，他粗野地骂着嚷着，并拉开随时准备还击或痛下杀手的架势。别说，两个农民工还真的很会审时度势，此地毕竟不是中国，看不见自家的烟囱，毕竟挡在他们面前的是个英国大男孩，虽说看上去显得身单力薄，甚至稚气未脱，但主人的身份是绝不可以忽视的。于是他们不约而同纷纷倒退了一步，傻愣愣地面面相觑。显然北京女人没有向他们说清，或者干脆骗他们，说我不过是个漂洋打工妹。

Andy并没有乘势进攻。

虽然我知道为了我他一定敢和他们拼命，但是傻小子有时候委实不傻，他还是能够迅速判断出，一旦双方真的“短兵相接”，那么吃亏的就一定是自己，起码场面上会是这样。于是Andy的语气稍稍缓和了些，另外他可能看出俩人都是我的同胞，所以他改用了生涩的汉语。他说：“大爷的，”他居然会说我们的脏话了，不知是从哪个留学生那里学来的——“你们的……眼睛……瞎了吗？”他冲后指了我一下，又指着他自己，“她，是我……未来的……老婆，你们……吃了……吃了……豹子胆，敢在……敢在……太岁……头上动土？”

农民工彻底被他镇住了，只听一人手中作为临时武器的桃铲“哐啷”一声掉在地上。他们回头，以寻求北京女人的明示，或者心里暗含着对她的责问——你不是说只是个漂洋打工妹吗？可是现在怎么……

北京女人继续下命令：“你们上啊，快上！甭管是谁，给我打，谁拦着就打谁，打他个生活不能自理！”

两个人都站着不动。

北京女人胳膊一挥，手中吃了半截的玉米冲两个农民工飞来，由于距离太近，事发突然，躲避不及，正好砸在一个人的脸上，疼得他大叫一声蹲到地上。北京女人上前，顺势把他踹倒，嘴里怒骂着：“滚，都给我滚，不中用的贱皮们！”她拣起地上的桃铲，疯了一般朝我袭来。她快，但是有人比她更快。Andy一回身抓住我，拉着我一只手，飞也似的跑进别墅，又噔噔噔地跑上楼梯，直到跑上二楼客厅。Andy粗喘着安慰我：“米苏，莫怕，你……先进……自己屋，锁上门，不管外面……发生什么，我……不叫你……坚决不出来。”他径自守在楼梯口。我没有听从他的吩咐，而是慢慢卸下背上的挎包，放在地上。我待在客厅里想了想接下来自己该做的事情的顺序，去卫生间洗手洗脸、吃饭……嗯，先干了这两样再说。我静静地朝卫生间走去。

北京女人已经冲上来，我听见二人已开始在楼梯口缠斗。我回头望了一眼，冷笑一声。早知如此，又何必当初呢。现在我已深信，Andy不仅引领了北京女人，而且一定是他说出了我在厄瓜茅斯苹果园，不然北京女人也不可能那么快就找到。

哼，自作自受！

北京女人呵斥他，让他滚开。Andy不说话。缠斗声骤然停止，楼梯口出现了短暂的宁静，这时我听见北京女人猛地放声奸笑起来。那笑声似一根根毒刺，她一面笑，一面用最恶毒的话语嘲讽道："哈哈哈……蠢东西！哈哈，你知道吗，蠢东西，就你这样的，在我们中国，那叫什么？那就叫一只不折不扣的活王八！活王八你懂不懂？就是你老婆跟了别人，你不但不生气，反而还帮着给她脱裤子。"

Andy显然不知道"活王八"，但是他听懂了这句话的含义，只是面对一个如此刁蛮的女人他似乎永远束手无策，他气得嗷嗷乱叫。

北京女人又说："你让开！你不敢教训她，那么我替你教训她！"

"No——"

Andy只有乱叫，事实上他也就只剩下乱叫了，到了此刻你还能指望一贯笨嘴拙舌的他能说出什么惊世骇俗的驳斥话语来？对了，还有一件事他能干，他脑子一根筋，而身体也像一条钢筋，他会毫不动摇地将自己固定在楼梯口，任北京女人采取什么手段，都不可能冲过他这道防线。这时猛地响起一阵"啪啪"的响声，我知道那肯定是北京女人在打Andy的嘴巴了，这貌似是她习以为常的行为。

随着一声“啪”，响起一声“No——”“啪”声响亮，而“No”声就更加响亮。真无法预料这“啪”“No”的噪声将会持续到什么时候。我走出卫生间，冷漠地走向他们，忽然之间觉得这场面甚是滑稽。于是我冷冷地对Andy说：“Andy，你这是何苦呢？你闪开，放她过来，叫她打我好了。”

“No——No——”Andy还是一声接一声地说“No”。

我继续走向他们，伸出手，意欲拉开Andy。北京女人可能误以为我要偷袭她，立刻退下两级台阶。当然，我知道以她强盗般的骄横，她不可能怕我。果然，她说：“小贱人，你有胆量勾引我儿子，咋就没胆量单独面对我了？有种你叫他放我过去，或者你一个人下来。”

“Andy，你闪开。”我淡淡地说。我嘴上虽淡淡的，但内心实已起了狠意，心想只要你过来，那么今天至少撕烂你嘴巴，看你以后还敢不敢满嘴喷粪。

“不——”Andy摆开一夫当关万夫莫开的架势。我拉了他几下，形同蚍蜉撼树。

“王八！哈哈，活王八！”北京女人继续骂。

我突然灵机一动，冲楼下高喊：“马骞，你死了吗？如果没死，就把你强盗妈拉走，不然我就打电话报警了！”我知道马骞就在楼下，在他自己的小屋里，所以意欲拿警察吓吓他们，即便北京女人不怕，也许马骞还怕呢。但是楼下没有马骞的任何声音，倒是那部座机好像故意解围似的，突然丁零零地响起来。

北京女人暂时退下去。

我支起耳朵，注意倾听着电话，因为我猜测，如果是国内打来的，那么根据时差，那边此刻应该是午夜两点钟，而这个时间还能打电话来，就多半会是苏护士或夏编辑。我听见北京女人抓起了听筒，她怒冲冲地“喂”了一声，接着她不说话，再接着，她忽然大声诘问:“你是谁？你再说一遍你是谁……呵呵，你说什么？你说要找那个小狐狸精？是打算给她传授机宜吧……嗯？你问我是谁？你管我是谁呢？你个老狐狸精……”

我急了，曲起手指，狠劲儿抓挠Andy架在楼梯上的胳膊。我突然放声哭起来，一面哭，一面大声央求他:“ Andy，你就放我下去吧，那是我妈打来的电话，我想妈妈，很想很想啊，呜呜呜……”

这一次Andy没喊“No”，我看见他的胳膊已被我挠出了血丝。他似乎有所松动，但随即又抓得更牢了。此时北京女人大概受到了什么刺激，哼哼，她甭想不受刺激，苏护士可不是随便任人宰割的女人。我先是听到了“哗啦”一声，像是什么东西被拖动了的声音，旋即便传来“啪嚓”一声爆碎的巨响。想必是那北京女人大怒，擎起了座机，又狠命地把它摔在了地上。还不仅如此，北京女人仿佛突然间就患上了失心疯，她变得比强盗还强盗，比土匪还土匪，她开始一件件猛摔别墅里所有能摔的东西。这一刻我真是从心底里钦佩苏护士。我感激苏护士，感激母亲，感激她远在万里之遥也能通过一个电话替女儿报仇。

四十五

“今天是星期几?”“今天星期六啊，怎么，你怎么啦?”我奢侈地赖在床上，一遍遍模仿着宋戴儿或者“汉奸”，有点惊讶地回答我自言自语的问题。这些神经质的模仿同样奢侈。因为不知从何时起，星期几或周几这样的时间词条，已经悄悄在我的生活中被干干净净地抹掉。如今回味一下这些遥远的对话，心里和眼里竟奇怪地泛出一汪汪酸涩的液体。

那些词条好幸福啊!

但已成为我的过去。

我越来越留恋学生生活。

今天，真的是星期六!因为南烟，我们整座别墅里都忆起了这个阔别已久的词条。各种中国特色早点的香味氤氲地在别墅里弥漫。我极力地闻着、分辨着诱人口水的许多种香味，茶叶蛋?台湾油条?驴肉火烧?葱肉饼儿?豆腐酿粉?煮馄饨?沙县的排骨汤面?似乎还有冬笋、香菇、木耳等拌制的小菜?噢，有一种味道显得尤为特别，像是炒虾米酱，又像是炒鸡蛋，难道是虾米酱和鸡蛋炒在了一起?这一定是从楼下飘上来的，因为闽北地区似乎没有这种另类的吃法，当然傻Andy更不会做。

Andy没有上班，他说他上三天，歇两天，这也许是普斯顿农场独有的工作模式？南烟昨晚回来了，是和闽北女人一起回来的，母女俩一路踌躇满志地谈论着伯恩茅斯大学语言学院，谈论着高中留学生班，直至把那些美好憧憬的谈论幸福地关进三楼。朱里奥昨天下午和闽北女人商议，说他这两天有事，可不可以暂停采摘两天。闽北女人都忘记看我一眼便欣然同意了。如果感觉正确，那么这个上午，别墅里除了真正的主人老机械师夫妇，其他六人或许都不离开。

昨晚的“硝烟”已依稀散尽。

Andy第三次走入我的房间。事实上我已经很给他面子了，要不是他主动拨通怡荷香园小区的电话，要不是他主动向我承认错误，说被钱迷了心窍，才导致一时糊涂帮助了那个坏女人，以及透露了我的行踪，要不是他第一次敲门就说让我先尝尝他煎的荷包蛋是不是像我自己煎的那样，我是绝对不会给他开门的。我虽然吃了他的荷包蛋，但是仍旧没有起来，谁叫他一直把我当成他的未婚妻呢，偶尔适当娇宠一回未婚妻这难道不是一个男人理所应当该做的吗？我吃，这并不说明我心里就完全原谅了他，事实上，最大的问题还在于他给我制造的那个谜团，他的视线依然在躲避，目光依然那么迷离，神情显得更紧张，而内心看上去反而更焦灼了。

他不该不说的呀！

Andy的荷包蛋我很喜欢，甚至叫我眼前一亮，他居然在荷包蛋的一面加了一排土豆和西红柿丝，色泽鲜亮，火候也恰到好处。这别出心裁的创意令我陡地想起了夏编辑。那时候我还在我们市的18中读书，有一段时间，夏编辑在每天的早餐中，经常花样翻新地给我煎一个荷包蛋，不过他再怎么花样翻新，也只是在蛋的一侧固执地添加诸如牛、羊、鸡、猪等各种肉类的细丝，而最后一次我还清晰记得他加的是鱼肉丝，那叫一个腥！我在苏护士君主般的软硬兼施下像吃药一样吃进了那个蛋，用她的话说："吃，吃了它！你爸为了谁？他每天大早晨起来挖空心思地做饭，还不是想尽一切办法给你增加营养？"所以我就不能管口感，不能管是否好吃。套用苏护士的公式，营养＝身体本钱＝学习成绩。这公式的三项虽然看起来并不一定全是等号，但苏护士还有一个无法推翻的反证法，如果营养跟不上，就不会有一个充盈的体魄，那想学习好，就只剩下痴人说梦了。吃完我吐了，吐了个昏天黑地。

我忽然有了一个惊天的发现，就是不仅Andy的创意与夏编辑有点不谋而合，他们的身材竟然也很像，都属于那种高高瘦瘦的竹竿儿体型，如果单单从背影看，二人岂不是一个模子印出来的？只是一个年轻些，笔直些，且头发是金色的，皮肤是白的。还有，他们的性格不是也比较相仿吗？他们都趋于内向，不善表达，待人入微……这一发现简直把我吓出了一身冷汗，难道这就是传说中的缘分？莫非这个傻乎乎的英国男孩真的是即将伴我一生的老公？我说月老啊，你是弄错了，还是越权了？或是他们的上帝认识你，从你那走了后门儿，你就用鸳鸯红线硬把我俩拴在了一起？Andy显然不知道月老是谁，更不会贿赂他们的上帝，但他懂得如何疼我，懂得用一个男人所有细腻的情愫自始至终地照顾我。

我感动，但是我很惆怅。

伺候我吃完早饭，收拾好餐厅，Andy又开始吞吞吐吐了，他的视线又开始不由自主地躲避，目光迷离，神情焦灼。他说他要出去，想四处转转，看看是否能找到一份兼职的小时工，或者做一些临时性的工作。我又一次被感动了。没想到我的话在他心中竟犹如圣旨，原来他真的是在……有一个男人对我如斯，夫复何求？扪心自问，我绝对不是那种宁在宝马车里哭，也不在自行车上笑的女孩，只要他学创业，肯创业，我还是从心底里愿意陪他一起洒汗的。我没有阻止他，奖给他一个感激的拥抱。我目送他推起那辆破旧的自行车，走出凌乱的院子，冲他背影大声叮咛了一句“早点回来”。

这时我忽然发现了马骞母子。

嗯？今天的感觉怎么如此之差？现在六人中已有三人离开了别墅。那坏女人干什么去，还带了马骞？她在向一辆驶过来的TAXI招手。马骞像个乖顺的小猫忽左忽右，紧紧围在她身侧，不用问，在本次的母子小斗中，儿子已全面落败。Andy骑上了自行车，旁若无人地超越他们。马骞顿了一下，抬抬手，似乎要喊一句“Andy哥”什么的，但他最终还是将抬起的手伸向了他母亲，并孩子般伸进了北京女人的臂弯。我说过，马骞的骨子里还是有一些纯良的，我一直在感激那天早晨他追出来告诉我我母亲曾打来电话。不过，面对母亲的言传身教，这个官富二代恐怕永远都做不到出淤泥而不染。哎，管他呢，但愿北京女人不是去找什么黑社会就行了。

“米苏？你是学姐？”

有人说话，是谁在说话呢？声音依稀来自身后。我收回注意力，转过身。哦，果然一个女孩子正淡漠地看着我。怎么，她就是南烟吗？没错，她应该就是南烟，声音不是也有点耳熟吗，本来昨晚听到她们母女回来时，我就想从餐厅里出来和她打声招呼的，但就在我犹豫该以哪种身份和她说话时，比如学姐、Andy的女朋友，或者干脆Andy家的沙发客，人家就已经匆匆从二楼穿过。南烟今天没有穿运动鞋、牛仔裤之类的学生装，这本不足以大惊小怪，周末嘛，反正又不去学校。但是她居然穿了一身Miu Miu浅米色大翻领短外套，深紫色纽扣短裙，灰色绣花长筒袜，炫目的大红褶皱肩包，更有甚者她还穿了高跟鞋并佩戴了颈饰。要知道Miu Miu可是世界闻名的奢华品啊，这难道都是闽北女人平素给女儿的装扮吗？一时之间我都惊诧得忘记了和她说话。要么马骞说她孤高呢，她的冰清、冷艳、矜持、孤傲、高雅的气场真的彻底把我给秒杀了……

四十六

我都不敢管闽北女人叫叶婶了，甚至和她说话，心头都禁不住有点儿战战兢兢。她也太神秘、太高深莫测了吧。现在我敢断言，她绝对不是闽北地区的一个普通茶农，甚至她们母女是不是闽北人都在我心里画了个大大的问号。她的穿着如同个农妇，生活处处节俭，却把南烟打扮成名模般的时尚潮人；她对人时时摆出一副“深宫用人”的谦卑状，却能说得一口流利的英语以及略带一点闽北风情的汉语普通话。仅是为了遵循“女孩子要富养”这样的家教理念吗？那老大不小的南烟是不是有点不孝？如果认定她是来自贵族或高知人家，那去干摘苹果这样的苦力活岂不是精神分裂？难道她们是从过去的某个朝代穿越到将来再穿回到现在，而且穿越了几个不同的地方？

那也太匪夷所思了吧！

我害怕闽北女人，害怕她面上无限谦和而内里却冷若冰霜。但有时候我还必须得与她说话，必须叫她叶婶，比如在面对朱里奥时。朱里奥这个兽面兽心的坏蛋已经令我恨之入骨。我也曾努力过，尝试多想想他的优点，譬如他一直坚守在人字梯上；譬如因为他的细心，我们从来没有被罚过；再譬如他一直坚持比我们早到，不让我们等待……但是千不该万不该，无论怎么都不该，在我无辜遭受北京女人的耳光时，他不但不息事宁人、不安慰、不同情，反而无中生有，借着假意拉架的同时，却小声添油加醋地诬告我，说马骞就是我拉来的。那种道貌岸然笑里藏刀两面派的嘴脸，一看就知，不仅是在幸灾乐祸，而且要落井下石。还有呢，他还狠狠趁火打劫了一把，下午分钱的时候，他居然只给了我50欧元，他还理直气壮地解释，说我破坏了三人小组良好的工作秩序，说我影响了采摘的进度。这不纯属屁话歪理吗？是，我们是耽搁了大约三五分钟，但我们不是照样摘了12大箱吗？我真想把那50欧元扔回他脸上，痛骂他一番，诅咒他回去买药吃，然后和他们散伙。但心中那一股股蹿动的怒火，迫使我最终还是忍了下来。是的，此仇不报枉为人！

我已经不再幻想和闽北女人组成统一战线，当然，我知道，她也绝不可能就此站到朱里奥一边。我和她说话，尊敬地叫她叶婶，纯粹就是像她一样，为了维系能使自己赚更多钱且配合尚属默契的三人采摘组。你冲我微笑，那么好，我也冲你微笑，你不说话，同样我更懒得说话。只有朱里奥偶尔尴尬地搭讪一句，不知这道德沦丧的坏蛋是不是良心还没有完全泯灭，他又把鸭舌帽戴回原来的样子了，帽檐儿朝前，压得很低，两颗大眼珠子恢复到呆滞的状态，偶尔困难地向上翻看一下我们。是已经感到自己理亏了吧？哎呀不妙，我又差一点上当，瞧那大眼珠子看我时的鬼德行，贼溜溜的，他怎么能有愧疚感呢，他的良心恐怕早被野狼给吞噬干净了。莫非他是在打今天仍只给我50欧元的坏主意？俗话说，人心叵测，防人之心不可无啊。但是倘若果真如此，那我该怎么办？能企盼闽北女人挺身而出替我说句公道话吗？呵呵，你真傻，昨天就傻了吧唧地期待着，今天怎么还能继续犯同样的错误呢？

但是今天的闽北女人似乎突然变了，而且变得依稀判若两人。

对了，不应该说是今天，因为那根本不是一整天，严格地说，大概是从上午10点钟左右，没错，她当时接过一个电话，之后我便听到她居然有滋有味地哼起了Penny的《生活多美好》：

我们素不相识原本擦肩而过 / 在世界坍塌的瞬间你来到我的身边 / 我们依然陌生甚至没留下姓名 / 在梦将凋零的时刻你让我获得重生 / 没有什么比生命更珍贵 / 好好活下去是最好的回馈 / 当你转身离去静静把手挥 / 我祝愿你一生好运相陪 / 没有什么比生命更美 / 好好活下去不管多苦多累 / 当太阳洒落这片天空 / 我才明白生命有多美……

她哼得认真，哼得动情，而且嗓音温婉柔和，就如那潺潺的溪水和这眼前秋阳中的细风，不停地拨动着苹果树叶，拨动着我的心弦，让我欲罢不能，倍觉天阔云舒，直惊得我好几次将手中的苹果掉在地上。

朱里奥当然更惊诧了。

显然闽北女人的骤变与那个电话有莫大的关联。但是我们不可能知道电话来自何人，又说了些什么。事实上她的骤变还不仅仅体现在个人的情绪上，仿佛性格也在那一瞬间发生了变化，她的话逐渐多起来，而且无论跟我，还是跟朱里奥，以前那种怯生生的感觉完全一扫而光。她已不再在朱里奥的后面加上先生，同样恢复了直呼我的名字米苏，且听上去比先前还多了几分亲切，人也陡地年轻了十来岁。这样说吧，除了她一身的装束还貌似采茶女，整个人的所有做派，那就是一个不折不扣的御姐范儿。她笑吟吟地说：“朱里奥，嗨，朱里奥，我一个朋友在电话里说，她那儿有我两个同胞也想来摘苹果，你说，咱同意她们来吗？米苏，你呢？”

不知怎么，听到这话我虽然高兴得不得了，但是心里一点儿都不信。我不信那就是她的电话内容，因为即便就是真的有那两个人，且她们来了，我们组成了以她为组长的新的采摘组，那就值得忘乎所以吗？不会！以她的神秘绝对不会！不过，我虽心中存疑，且猜不透她葫芦里装的是什么药，但总之这“药”于我是非常有利的“药”。所以我面上和她配合得相当默契，立刻装出欣喜若狂的样子，甚至都停止了采摘，热烈鼓起了双掌，我大声管她叫叶婶。我说：“叶婶，我同意。”

朱里奥差点从人字梯上掉下来。我瞥见他双手抓牢上面的横档儿，小心翼翼地反过身，坐在人字梯上。他从身前的藤筐里拿出一只特大号的苹果，擎到他乱草一样的胡子间，吭哧咬去一大口。他一面慢慢咀嚼，一面将悄悄平复的目光从叶婶身上移开。他抬头装作若无其事地扫一眼空中的太阳，又转头环视多半圈苹果园。他再次擎起苹果咬下第二口继续慢慢咀嚼，待口中的苹果都嚼成沫了，咽净了，他猛地一挥长臂猿般的胳膊，手中的半只苹果划出一道弧线飞到了远处。收回手的同时，他顺便把鸭舌帽拉向了后面，目光重新凝聚到叶婶身上，他终于笑呵呵地说话了。但是这家伙也突然变了，他又说起了那些我根本听不懂的不知是牙买加语意大利语还是英语的屁话。我心里禁不住哼地冷笑了一声，哼，装，还想骗人吗？其实你早就会说一些我们的中国话，叶婶的歌儿你也许听不大明白，但她的话你一定很清楚。

我瞄向叶婶。

叶婶不看朱里奥，忽然问我："米苏，你是华北地区的人吧？我那两个朋友也是华北地区的人，说不定你们还是老乡。如果她们来了，那咱们组可就是四个人了，只是不知她们干这种体力活是否能吃得消。"

她不说五，而说四，还特意把"四"字加重了语气。我立刻有所领悟，哦，原来她是向朱里奥发起反击了，是为了我吗？当然是为了我，因为她每次拿的基本接近平均数，只是我更多地遭受了朱里奥的盘剥。我心里不由得泛起一阵感激，正要附和她，朱里奥这时终于扛不住了，他一下子从人字梯上蹦下来，可怜巴巴地说起了中国话："叶婶，我看不妥，还是别叫她们来了，我们三人组不是很好吗？您不也担心她们的体力吗？要不这样，叶婶，以后就由您出任我们三人组的组长，我们每天平均分配收入。"

"哎哟嗬，对不住，我忘了您了，应该是五个人。"

叶婶也停止了采摘，她看着走过来的朱里奥，话语中忽然加进了揶揄的成分。"朱里奥先生，您刚才说什么？我当组长？呵呵，有您呢，我哪当得了组长？要是只我们四个中国人，还勉为其难地凑合。”

“不不，叶婶，”朱里奥显然有些着急了，“您可以的，您本来就比我好，还有米苏，米苏虽是个女孩，但她确实很棒，我求您看在我那中国朋友的份儿上，还是就我们三人一组吧。”

“你的中国朋友？哪个中国朋友？”

“林东强啊，就是介绍您来的那个人，他不也是您朋友吗……”

“哦哦哦，看我这记性，你是说小林子吧，那既然这样，”叶婶把目光转向我，“米苏，你看……”

“叶婶，全凭您定吧。”我心领神会地冲她挤了一下眼睛，她又把目光转回朱里奥，“朱里奥，你也说了，米苏很棒，所以我觉得你起码应当把昨天克扣的钱还给她，这样我们似乎才可以继续愉快地合作……”

“好的，好的。”朱里奥说完，迅速跑向大木板箱，又更加迅速地折回来，他终于成了一个猴狲。

真是令人快慰！

四十七

我成了无业漂洋女。失落吗？多少有一点。是，摘苹果的确算不上什么职业，但它不是能给我带来一笔可观的收入么，我需要这笔收入。另外，人啊真是一种奇怪的动物，当你和另外的人无意中相遇，然后合作、相处，你总会感觉你们之间存在诸多的不和谐，甚至形同水火。但是一旦你们突然分开，而且永生不再相遇，你又会觉得，其实对方的很多毛病都不是无法相容。我这样说，并不代表我在责怪闽北女人，事实上我一点都不怪她，再怎么着人家也是替我打抱不平，且给我出了那口恶气。

闽北女人终于露出了冰山一角，我再也不好意思管人家叫叶婶了。我想即使就是那不可一世的马太太，也不能再妄自尊大称呼人家南烟妈，我们大家都应该尊敬地喊她“叶教授”，或者起码是“叶老师”。先前推断的没错，她的确来自于高知人家，其本人也必定是个高知女性，不然她不可能一个华丽转身，便成了伯恩茅斯大学汉语预科的讲师。至于在国内，她是不是曾就职于福州或其他城市的某大学，这已无关紧要。还有，也许正像她歌中所唱的，“在世界坍塌的瞬间……”以及“在那梦将凋零的时刻”，她的命运可能遭遇过不幸，比方说婚姻破裂、突然丧偶甚或更严重的，这些不也同样无关紧要了吗？伯恩茅斯大学不是已经让她们母女的梦实现了吗？

可我的梦在哪儿？

突然无所事事，突然独守这空寂的别墅，一个人伫立在窗前，茫然瞭望伯恩河上绵密且如浓雾般飘飞的细雨，我顿感空前的无助和惶惧。北京女人开着她新买的车去送马骞了，叶教授也奔赴她的新归宿报到了。傻Andy呢？傻Andy好像跟我说什么来着？对，好像说今天下雨他不骑自行车了，而后就像个幽灵似的鬼鬼祟祟溜了出去。我不再惦念他的事，仿佛我们之间真的仅剩下主人和一个随时都可能轻松离去的沙发客这样的关系。我不知道这种与他越来越生疏的古怪感究竟源自什么，只是彷徨一旦离开了这只沙发，下一个驿站会在何方？总不能让我学这眼前玻璃上的雨珠吧，随着体积逐渐膨大，直到无法继续附着，最后悄无声息迅疾滑下。但是别忘了它们都会流向伯恩河，而终极目的地可是大西洋，并一首首唱着它们欢乐的歌。

纯属无意识的，我拨通了怡荷香园小区的电话。想念他们，惦记他们，还是需要他们？没有，真的什么都没有，一点儿脑子都没过，或者只是魂魄暂时游离了躯壳，重复了一个过去习惯的动作，直到电话那端传来——“对不起，您拨打的电话暂时无人接听，请稍后再拨”——我的思绪才一下子回到这个行为上。我讪笑了一声自己。你真没用！拨这个电话干什么？犯贱了？是想听她骂，还是想听她挖苦奚落？怎么这么快就忘了？那天Andy打通后，苏护士和你说什么了？她不是一个劲儿骂你活该吗？不是揶揄你活不了就回去吗？是，我不能自找嘲笑，眼下首要该做的，是要尽快再谋一份职业。离开他们我能活，离开“沙发”我同样能活！

中秋后的细雨好凉。

我没有打的，没有坐Red bus，也没有骑Andy的那辆破自行车，反正我有的是时间，就权当一次散心，顺便消除连日摘苹果的疲劳。我沿着伯恩河南路，一直向西、向北顶着细雨踽踽独行。河道两岸的风似乎比之前大了，雨伞不时被掀翻，或硬生生欲从手中夺走，密集的雨很快打湿了腰部以下的衣服。记忆中pedestrianised street上开了三四家job center（职业介绍所），我知道在那里一般很容易就能找到临时性的工作，我当然不敢奢望那些相对稳定一点儿的，比如去做某家工厂的操作工，或做星级酒店乃至大超市的收银员。不是因为我英语太糟糕，完全是因为我来这里只是通过旅游公司办理的旅游签证，连半工半读的学生都不允许参加正式工作，何况我是一个游客呢。我只能寄希望于那些胆大而又不怎么奉公守法的小老板们。

我看见了Ave Rd。

这是一条横穿伯恩茅斯市中心的较宽阔的道路，过了Ave Rd再继续向北走一段，便是pedestrianised street。我忽然记起来，在Ave Rd右段，应该是一截不算太长的弧形水泥路面。半年多以前，那时候我和Andy经常各骑单车从这里绕过。其弧形环抱的是大约千米长的林木带状公园，而其对面则为伯恩茅斯市最大的一家公立医院。没错，我看见了那座相对高大且带有醒目红十字的建筑，以及那红十字下面的Buornemouth Hospital。不知为什么，我的脚步竟鬼使神差转向了右面。为了那带状公园？不可能，那里不过是一条十多米宽的林带而已，再就是一些可供人们小憩的石凳石桌；为了那对面的医院？怎么可能？简直太滑稽可笑了吧！

但我就是鬼使神差地一步步坚定走下去。风依然很大，我把雨伞打得很低，只可看到脚前大约不到10米的距离。换句话说，医院门前那些不停穿梭的人，甚至就是那些坐在带状公园边石凳上的人，都基本看不到我整张脸，仿佛我就是那碟片或警匪片里跟踪盯梢的人，这种突如其来的诡异怪感让我立时觉得很刺激，于是我把雨伞压低到了极限，并转动着。我记得某根伞骨的中间部位好像破了一个小洞，我果然找到了那个小洞。我把眼睛贴到那里，将视线穿出去。可目标是什么？事实上我没有任何目标，只是觉得好玩，仿佛这样我才一下子又回到了青春少女的情状，不是吗？连日里为了生计不停奔波忙碌，即便没把我的性情搞成一个老态龙钟的妇人，起码也变成了一个中年妇女，我还哪是马骞和南烟的同龄人，分明就是他们母亲级别的嘛。我任由狂风卷着细雨肆虐、袭击我的后背。

我捕捉着小洞外的景物。其实外面的景物一点都不清晰，甚至比直接观看还要模糊些。但只可我看别人，而别人无法看我，这种优越的特权享受无疑给了我片刻的快感。我从Buornemouth Hospital这两个单词看起，视线滑下，逐渐拉平到医院门口。我捕捉到一个人的身影，他身着一袭墨绿色的雨衣，正在大门口逡巡。也许他早就在那里了吧，他似乎既不想进去，也不想离开，好像一直在茫然地等待着什么。一阵疾风忽地掀开了他雨衣的下摆，他打了个冷战，跺了跺脚，双臂抬起来，交叉抱住自己的双肩。他这时朝Ave Rd两端分别观察了一下，接着竟一路小跑横穿马路。他身体的比例在小洞里渐渐被放大。我去捕捉他的脸，他的脸罩在雨衣的帽子里。我追逐着那顶帽子。帽子很快飘移到我斜前方不远的一张石凳处，坐下去。啊？！我骇然，腾地停下步伐，一只脚不由自主地滞在了半空。那不是Andy吗？

他怎么能是Andy呢！

我不相信自己的眼睛，不，是不相信那个小洞，但我又不能把伞移开，如果真的是Andy，那么已经近在咫尺的他就会立刻发现我。我蹲下身，佯装提鞋，目光从伞的边沿窥过去。啊，没错，那张脸千真万确就是Andy。我说傻东西为什么一直那么目光迷离神不守舍，说话总是吞吞吐吐呢，原来他一直都在骗我，他根本没去Gulmtree小镇，没去普斯顿农场。可是他为什么不上班？该不会是被人家炒了鱿鱼吧？唉，我怎么就没想到呢，记得他曾说漏过，他之所以能成为普斯顿农场的电脑消毒工，完全是仰仗他老爹，因为老机械师多年来一直在兼职，做那家农场的各种机械的维修工作。如今老爹退休了，去游玩了，而Andy又因为去中国找我耽搁了太多时日，人家当然有可能会辞掉他了。但是他为什么要猫在这里？难道是在守株待兔？他说过，这个带状公园早在几年前就已经自发形成了零工市场，每天在这里长时间坐等的人，总会有机会被召唤走，去干那种又苦又累的临时力工，有时候还会在医院门前帮着抬醉鬼、车祸伤员什么的，甚至从医院里往外抬死人。Andy怎么会干这种肮脏而令人毛骨悚然的事呢？难道他没有告诉他老爹？抑或老机械师一点都不关心自己的儿子失业了？否则老机械师为什么还不回来？

四十八

我已笃定要离开Andy。

他骗我，这不算什么。

他那些许紧张，有点不自信的焦灼，其背后所呈现的无外乎是我离开他的场景，谁叫我在他面前一再表现出挣钱挣钱的欲望呢，谁叫我多次强调他的工作稳定和固定收入呢。这种过分的看重和倚赖，必定会带给他相当大的压力，他骗我自然在情理之中。如今的社会，人们把青年大体分成三类，即文艺青年、普通青年和“二B青年”。Andy虽然有点“二”，但不知是不是追求我的原因，我们实则都属于普通青年。按理他不是高富帅，而我也不是白富美，我们应该门当户对。可两个基本趋于穷二代的青年，再加他谋生能力如此之“二”，若组成一个家，支撑点在哪里？我们不是三岁的孩子了，不是过家家，Andy似乎该找更强势的！

绵密的细雨一直在飘飞，一直伴随着我的万千思绪，伴随着我来来回回迷乱的脚步。直至华灯在很低很厚很黑的云层下提前亮起来，Andy忽然打来电话，谎称他坐的Red bus已经到了市里，叮嘱我不要外出，他会顺便找一家中餐馆，买些可我口的饭菜。此时该往回返、该回那个“家”的意识才重新占领了我的脑子，而透骨的寒彻也倏地来到了身上。我这才意识到，自己竟梦游般在街上漫步了近一天时间。一天没吃任何东西，没走进一家 job center。我讶然摸摸自己的脑袋，为什么不饿？之前为何丝毫没感觉冷？是病了，神经迷乱了，还是因 Andy 的失业受到了打击吗？既然只想做一个沙发客，既然离开只是一个时机的选择问题，那么他失业我何以会产生如此大的反应？

冷，前所未有的冰冷，心在胸腔里无法遏制地哆嗦着。湿漉漉的衣服紧裹在身上，随着我蹒跚的步伐摩擦出哧啦哧啦的声响。我踩着伯恩河南路影影绰绰的灯光，终于回到老机械师的别墅。我扶着停在铁栅栏外的轿车稍作喘息。院子里很宁静，别墅里也很宁静。哎，二楼卧室的灯怎么会亮着，客厅的灯也亮着，是 Andy 回来了吗？不可能啊，如果是他，见不到我他一定会打电话询问的，啊？！该不会是老机械师和他的傻女人吧？我使劲儿摇晃了几下脑袋，视线落在手扶的轿车上，哎呀，可不，这不就是那台破福克斯吗？此时我的头嗡一声膨胀起来，眼前的景物迅即模糊，软绵绵的身体不由自主地向车身靠去。我抓不住雨伞了，随着雨伞从手中轻飘飘飞起来，我的身体也忽然变得很轻，并曼妙地松散开来，仿佛瞬间支离破碎成无数个柔弱的各色小蜻蜓。我看见小蜻蜓们跳着向高空中飞去，它们发着怨怼而哀婉的呼唤声，有的喊苏护士，有的喊夏编辑，还有的喊Andy。Andy依稀有了回应，他先是惊讶地发出一声“咦”，接着开始惶恐地大吼：“米苏——苏苏——”

但声音越来越小。

我昏睡了不知多久，醒来发现自己竟躺在医院的病床上，左腕上扎着点滴。我立刻吓了一跳，心想，这一定是傻Andy干的，他真是脑残，不就是最近过于劳碌，被冷雨淋了，感冒了高烧了嘛，到附近药店买些药，反正那些药都不用处方。现在惨了，跑到这里，得好好被人家宰一刀了！你也许不知，像我这类不属于NHS（National Health Service）人员，无法享受英国的国民健保免费制度——即政府用库存资金，支付全体国民的健保服务开支，包括系统内所有社区的诊所和医院设备设施、医护用品，以及大夫和护士薪水等。平素我们若在私家医院看一次门诊，大概都要花掉七八十英镑，那么在此住上这一夜，还不得花净几天摘苹果的全部收入？

病房里一片寂静。

我坐起来，怯怯地环顾四周，病房门紧闭着，四张床空荡荡的仅我一个人，没有医护人员，Andy也不在。我想给Andy打电话，慌乱地前后左右寻找手机，没有，是他顺手拿了？该死的，一向对我细致入微的傻东西，怎么突然如此粗心大意？床头上装有一个可拉伸的灰色屏幕，应该是电视，还有广播收音和电话，但我不敢动。莫说不懂，即使懂，我哪有心情看什么电视听什么收音啊。另外我真的害怕动了那些东西会收费呐。好，既然Andy不在——没准儿还不是他把我弄到这儿的呢，何不逃之夭夭，干脆一走了之，反正我感觉已经不烧了。我听听窗外，细雨依稀已经停了。好饿，好想吃东西。也不知现在是几点，哎，管它呢，我摸摸衣兜儿，哎呀，钱包呢？哎呀，这根本不是我的衣服，我只穿了医院的病号服。也是，白天衣服不是全湿了吗？这下完了，我总不能穿着病号服到处跑吧，再者，没钱去哪里吃东西？我慌张地大声叫起来："来人——快来人！"门砰的一声被推开。

是他，是那个傻小子。门外摆着一把黑色的高背椅，也许他一直守候在那高背椅上，也许他睡着了。他踉跄着冲进来，怀里抱着我另一身衣服。"苏苏，怎么了？"他紧张地奔到床边，"苏苏，别怕，我去找当值医生。"

"不用，Andy，你别去找！"我下意识地单臂护胸，有点羞涩地制止他，并命令他把衣服放下先出去。我仿佛看见傻小子笨手笨脚替我脱下满身的湿衣，更加笨手笨脚地给我穿上现在的病号服，胸罩和内裤都被脱去了，他的手岂不是已经……想想，这么大了，我虽然在高一时朦朦胧胧地恋爱过，但那只是徘徊在眼神、纸条、蜜语，最多也就拉过几次手，可是Andy此刻……我眼里忽然之间满是委屈的泪水，一股恨意油然而生。我再一次粗声命令傻愣愣的他："你出去呀！我叫你把衣服放下先出去，你没听见吗？"

Andy不动。

他今天这是怎么了，竟敢违逆我！我瞪着他。他看着我，眼里毫无畏惧，他看一眼吊瓶，居然还笑嘻嘻的。他说："苏苏，再等等吧，我问过护士了，盯着时间呢，再等大约二十七八分钟，等这第三瓶输完，我们再换衣服。"

听听，你听听这个流氓说的话——我们再换衣服——多么得意，他一定是碰了我的胸，也一定看了我私处，所以才那么有恃无恐，不然哪来这么大的胆子，简直臭不要脸！

我怒不可遏，一下拔掉针头，顺手抄起身后的枕头，冲他猛砸过去。我声嘶力竭地咆哮："滚！你给我滚！"

他终于止住了嬉笑。他接住枕头，但不退反进，跃前一步，紧紧抱住我正欲下床的身体。他把衣服和枕头撇在床上，将我的头拢入怀中，一面轻抚头发，一面喃喃细语，像是在自责："苏苏，别急躁，别急躁，都怪我，怪我不好，没本事，让你吃了这么多的苦。不过我向你保证，我们会有钱的，会慢慢好起来的。"

我嘤嘤地啜泣不止。

Andy任由我哭。我哭得越厉害，他抱得就越紧。他不再言语，仿佛一个木呆呆的人抱着受伤的宠物，轻轻摇晃着。此种状态不知持续了多久，直至我激动的情绪慢慢平复。我悄悄仰起脸，发现他双眼已完全凝滞了，直勾勾地盯着对面白灿灿的墙壁，眼里闪着晶莹的泪光。我敏感地解读着那泪光的含意，我知道他内心其实相当忐忑和茫然，根本没自信为我创造衣食无忧的生活，更别说属于我们自己的一个独立的家。

我坐直身体，平静而十分严肃地对他说：“Andy，你去找当值医生吧，和他商量，我们不输液了，现在回家，你明天过来和他们结账。”

Andy回过神来，讶然地看着我，“怎么了，苏苏？”

正在这时，门口走进来一个护士。我立刻急中生智，还商量什么？干脆跑了吧，我跑了，自然也就停止了治疗，只需Andy把现在的账目结清。我跳下床，我的运动鞋还在，我趿上鞋子，抱起床上的衣服，绕过迎面而来的护士，撒腿便跑。我一面跌跌撞撞地猛跑，一面高声喊：“Andy，我们不治了——我们治不起——”

四十九

我整整在医院里住了三天四夜，实在“赖”不下去了，院方一个劲儿地“轰”我，说我好了，没有任何病了，再没有资格继续留下来了，否则，我才不愿意与老机械师和他的傻女人十分不便地共处一个屋檐下呢。原来，我对英国的NHS只知其一不知其二，当Andy和那个护士把我从电梯门外“抓回去”后，我才弄清，不管你是不是NHS人员，或者他们“医疗互惠国”的人，只要你是急诊，你“躺下”了，拨通了999急救电话，你就可以全程享受免费治疗，另外医院还给你按时送饭、送水果，每天下午4点左右还有点心和咖啡，所有这一切也都一分钱不用花的。当然他们的模式是“医药分家”，NHS虽覆盖全民，却不包含药费，所以大夫开了药方，患者要到独立于医院的药店买药，费用个人承担。你想想，有这样的好事，加上Andy又总是特认真地强调必须彻底治愈，我何不轻轻松松地休息几天呢？

英国的公立医疗机构分为社区诊所和医院，前一类就是Community-based primary health care，即社区为基础的初级卫生保健，后一类是Hospital-based specialist services，即医院为基础的专门医师服务。但在英国生了病，若不是很急的毛病，想获得医疗服务是相当麻烦和费时间的，一般先约GP就诊。所谓GP，就是“General Practitioner”（通用的家庭医师），他们遍布在英国城乡社区诊所工作。通常公立医院除了急诊，一般只接受社区诊所GP的转介（refer）。而被转介来的病人常常要花很长时间排队等待，别惊讶，赶不巧等上几个月这一点都不新鲜，因为很多由政府出资的NHS医生，都是一身二任，即同时肩负着商业医疗保险大夫，有的还为好几家保险公司服务，因此大夫们平时都是非常忙碌的。

不知是不是由于NHS医生身兼一任或多任，才使得公立医院看上去总是很萧条，反正大夫们大多比较热衷于医疗保险公司的医师身份，自然就少有时间接待更多的NHS患者，也不愿意接待NHS患者。因为据说他们的工资有75%来自于医疗保险，而只有25%

来自于NHS。不过他们一旦接待了，还是对病人及其家属相当不错的，工作也同样尽职尽责。他们对前来探望我的老机械师夫妇态度和蔼，对闽北女人叶教授更是谦和尊敬。他们很喜欢Andy，喜欢他的傻里傻气，喜欢他憨厚诚实，有事没事经常吩咐他干这干那，还总是不失时机地逗他说话。尤其是我第一次见到的那个女护士，她年龄不大，好像是大学毕业刚刚工作的样子，她的坏笑让人觉得非常亲和。

她说："Andy，You are now my buddy, okay（Andy，我称你哥儿们，好不好）?"

Andy说："Sure！ Then I'll call you nurse sister（好啊，那我以后就叫你护士姐）。"

"Wait, no！ What？ nurse sister？ I said we are buddies（错，什么护士姐？都说了是哥儿们了）。"

Andy挠挠头皮，皱皱眉头，眨巴眨巴眼睛，"What do you want me to call you then（那我叫你什么）?"

"Oh，Of course it should be nurse brother（呵呵，当然是护士哥了）."

"But you are a girl（可是，你是女的啊）."

" Why？ Can't a girl be your buddy（女的怎么了，就不能是女哥儿们吗）?"

"However，I mean I'm not used to having a 'girl buddy'

(可是，我不习惯有‘女哥儿们’啊).”

“Regardless, just call me nurse brother. Otherwise it’ll be difficult for me to ask you for help (不习惯也这么叫，否则，哥儿们就不好向你直言求教什么了).”

“Ask me？ For what？ I’m not a smart guy. There’s nothing I could help really (求教？求教什么呢？我不是个聪明的人，没啥可以教你的).

“Okay. I do have one thing that you can help me (这样啊，有件事你倒是可以教教我).”

“What (什么)?”

护士窃笑着瞥了我一眼，马上装成一本正经的样子转向Andy, “Tian Su Chun is from China, right (这个‘甜素纯’是中国的吧)?”

“Ah ？ Oh, yes, she is Chinese, but her name is not Suchun Tian. She is called Misu Xia (啊？哦，是，她是中国的，但她不叫甜素纯，叫夏米苏)”.

护士咯咯地笑出了声，“Oh my buddy, seriously？ Tian Su Chun is not a name, it is a word used to describe a girl that looks sweet and elegent outside, and is innocent inside (我说哥儿们，你也太out了，甜素纯不是名字，它是专门用来形容长相甜美、外形素雅和内心纯洁的女生的词).”

网络真是把地球变得很小，没想到在中国流行的东西，在英国也流行。但Andy平时很少上网，也不太喜欢那些时尚新潮的东西，什么白富美、甜素纯、高富帅等他自然不知。不过听到护士的解释，不但我心里高兴，他更是突然兴高采烈起来。他蓝汪汪的大眼睛倨傲地注视着护士，等待她的下文。

护士继续说："How do you know her（哥儿们，你们是如何认识的）?"

Andy顿了顿，似乎在想，突然说："Classmates. We were in the same high school（同学，我们是高中校友）."

"High school classmates？ Then she has been an international student for a while（高中校友？那她是小留学生了）?"

"Yes！ She is an international student. We knew each other before she came to Bournemouth Language School（对，她就是留学生，她还没到伯恩茅斯语言学院，我们就认识了）."

"So are you guys now in a relationship（那，你们现在是恋爱关系吗）?"

Andy白皙的腮边突现一抹酡红，但仍不失倨傲，"To be honest, she is now my fiancee（不瞒你说，她现在是我的未婚妻）.

"Fiancee？ Hahaha, fiancee（未婚妻？哈哈哈，未婚妻）?"

护士轻摇着头，朗朗地笑起来。

“Why do you laugh ? Don’t you believe ? Why don’t you believe（你为什么笑？难道你不信？你凭什么不信）?” Andy被她笑得有点发蒙。

“Haha, of course I don’t believe. Buddy, you are bragging, aren’t you ? If she is your fiancee, why do you have to let Professor Ye to help her take off her wet clothes（哈哈，我当然不信了，哥儿们，是你在吹牛吧？既然她是你未婚妻，你为什么非得让叶教授帮她脱掉湿衣服）?”

Andy张口结舌，说不出话来。

“And I’ve heard reports that these years a major component of British economy is supported by international students from China. Now many schools almost in every city are overcrowded with Chinese students. This has ended up with a lot of families hosting these students（还有，我听说，有报道称，近年来我们英国的经济主要就是靠那些自费的中国大、中、小留学生来支撑，如今每个城市好多学校中国的留学生都人满为患，也因此有好多家庭接待了他们）”——护士再次回头看我一眼——“Haha, she can’t be your homestay student, right（哈哈，她不会是你家的寄宿生吧）?”

“She... She... She is a homestay student, and also not

a homestay student（她……她……她是寄宿生，她不是寄宿生）...”Andy笨嘴拙舌的毛病越着急越显现得淋漓尽致。

护士终于止住了笑，“In the end, is she？ Or not（她到底是还是不是呀)?”

“Yes, she was a homestay student last year, but not this year（是，去年是，今年不是）.”

“Okay, since you said that she is your fiancee, then dare you say, how was your first kiss like（好，既然你信誓旦旦说她是你未婚妻，那你敢说说，你们第一次是怎么接吻的吗)?”

“Well... Well... She is my fiancee, and she is not homestay student. I didn’t brag（这个……这个……她就是我未婚妻，她不是寄宿生，我没吹牛）.”

Andy无言以对。

噢——原来给我脱衣服的并不是Andy，而是闽北女人。看来这个极善于伪装的女人绝非外热内冷，也许是生活中屡遭打击，人心险恶，出于保护自己的本能，才使她变得如此怪异。大概是我的简单、单纯，透明得如瓶矿泉水，让她撤去了对我的防备。是的，我虽不完全像那个护士所说的——我并没感觉自己长得有多么甜美，可我确实外形素雅——我一直没佩戴女孩子喜爱的各种装饰，甚至从不擦抹任何化妆品，一直坚持素颜；而至于内心纯洁，起码表面上是这样——面对朱里奥我一直爱憎分明。

抑或还有我的勤劳和孤苦异乡。

闽北女人的行为令我着实感动，三天里她除了第一天陪着Andy及老机械师夫妇送我，每天下午下班后她都会来，每次还都买些东西。据Andy说，见我晕倒在冰冷的雨地里，连老机械师都慌乱得不知所措的时候，还是她摸摸我额头，果断命令Andy打的999。闽北女人已经一口一个苏苏了，她叫得倍加亲切，关爱之情溢于言表。要不是觉得难为情，我真的要把嘴里的“叶婶”改成“妈”了。唉，苏护士哪怕有一点点像她，我也不至于跟着一个傻乎乎的外国男孩，跑到这万里之遥的陌生小城。趁着Andy不在，她还悄悄叮嘱我，要我一定常跟母亲联系，她以一个母亲的名义向我保证，说我母亲一定是这世界上最疼爱我的人，说不定哪一天，母亲就会突然来到伯恩茅斯。另外，不知是鼓励，还是真的确信，她说凭借她对我的观察和感觉，如果我现在去续读，再拿出摘苹果的拼搏劲头儿，一年后一定能成为伯恩茅斯或温彻斯特的一名大学生。她觉得我现在过于叛逆，她希望我不要那么叛逆，直说得我跃跃欲试。

是呀，苏护士总想给我规划标配人生，求学，拿证，考公务员、事业编或国企，然后找对象，嫁人生子……可我总是叛逆，非要特立独行。且不说我是否擅于此技，就是擅长，我也仅仅19岁，先求学拿证，与我将来选择特立独行并不冲突啊。但是苏护士和夏编辑还能给我再续读一年的机会吗？

我忽然好想念苏护士。

着工作装的她蛮可亲的。

而眼前的不论是医生还是护士，在他们身上，我一点都找不到母亲的影子。他们不穿白大褂，据说，白大褂的袖口和领口极易成为医院内传染病菌的“主力军”，会导致病人感染抗生素难以杀灭的“超级病菌”。他们身着露出肘部以下手臂的蓝色工作服，有的干脆一身休闲装。不过，不管是白色还是蓝色，这并不影响他们对病人的仁爱与呵护。他们对我细致入微，其实对 Andy 也丝毫没有恶意，只是想通过一个诚实得不能再诚实的大男孩之口，把郁闷乏味的病房氛围变得更加欢乐而轻松。

是的，我住了三天四夜，房间里其他三张病床一直空着，医生和护士们都劝说他夜间到病床上休息，要不那些床上用品也一天一换。可是傻 Andy 非常固执，他一次也不进来，而是拿着那把高背椅，坐在门外。还有，劝我甚至命令我必须彻底治愈的是他，听医生说我已痊愈，马上就猴急地催我出院的还是他。我在医院里再多观察一天有什么不好？就算可能会多花一些药费，不是还可以省下一天的饭钱嘛。

我疑惑地问他，是不是因为他太辛苦了，不愿意坚持了。没想到，傻家伙一听就不高兴了，他很认真地教导我，原来，在英国探视病人都不能坐到病床上，也不许给病人送花，认为这样很容易把探视者身上的病菌带给患者。在这些事情上，英国人很看重细节，任何不雅的行为都会被视为无教养。何况好了还想赖在医院里，这行径岂不是太可耻？唉，出院就出院吧，反正老机械师和他的傻女人都已经开车等候在医院门外了。我看见了那辆两厢破福克斯。

五十

老别墅的院子已完全建好，地面上平平展展地铺着路砖，阳光下沿着铁栅栏搭建的塑料玉米棚显得有点不伦不类，北京女人崭新的白色宝马耀武扬威地停在院子中央。一切看上去都很安详，绝没有我初时想象的——当老机械师和他的傻女人看到满院子心爱的漂亮花草被全部荡除时，一定会发生点什么。他们没兴趣关心她的青玉米是否能茁壮成长。显然——在此之前，房客与房主之间肯定早有契约。不发生更好，若真的发生了，恐怕我连一时一刻都待不下去。不过，他们的关系貌似有点微妙，好像北京女人是房主，而老机械师倒更像个房客。他竭尽所能说着仅会的一些汉语，不断"马夫人"这,"马夫人"那……

这令我多少有点不快。

北京女人不理睬我，好啊，我更乐得轻松自在。这是上午9点多钟的样子，她待在一楼客厅，慢条斯理地一粒粒掰着吃煮玉米，一面悠闲地看电视。我听他们一边声声叫着"马夫人"，一边走上楼梯。如果说这种热脸贴冷屁股的低贱令我不快，那么接下来看到的简直让我没法不生气，老机械师夫妇居然把 Andy 的所有东西都搬入了我房间。这是要干什么？叫他儿子和我同房？试婚？即便真的要同房试婚，那也应该是当事人双方达成默契吧。难道他们还要霸王硬上弓？

记得我还是他家寄宿生的时候，老机械师就曾当着的儿子面看成人低俗片，我还偷偷听到他向 Andy 说过“porn(色情)”和“kiss(亲吻)”此类无耻而下流的字眼，那分明是在居心叵测地教唆他懵懂的儿子。但 Andy 没有任何反应，也没休息，甚至都没有停留几分钟，只轻轻抚弄了一下我的刘海儿，伏到我耳边轻声说了句“亲，等我，我要去普斯顿农场”——便悄然离开了家。

太不应该了吧！

把我一个人扔在家里，面对奸猾狡诈的老机械师，还有一个二了吧唧的女人。他真的去普斯顿农场了吗？莫非他没有失业？或者老机械师回来后给普斯顿打过电话，农场准备重新录用他？按理，根据我的感觉，他仅是在我俩回到伯恩茅斯的第二天去过一次，之后恐怕就一直混迹于 Buornemouth Hospital 前面的零工市场。都这么多天了，那里的工作，尤其是用电脑对奶牛的清洗消毒工作，都是一个萝卜一个坑，农场怎么可能还给他留着位置？

Andy 走了，独栋别墅里剩下四个没有正经事做的人。雨后的秋阳格外灿烂地钻进别墅，同时钻进别墅的还有后面伯恩河上货轮欢快的汽笛声。对了，我何不去伯恩茅斯货运码头碰碰运气？听说那里的码头可大了，通常需要很多临时搬运工，比摘苹果报酬还高。不就是苦力嘛，男的能干，相信我也能。经过几天的休息我感觉浑身都是力气，万一有人接收呢？不管怎么样，也比懒散地待在这里听老机械师一声声叫“马夫人”舒服得多吧。

老机械师还死皮赖脸地滞留在一楼，人家都不怎么理他，眼睛一直不离开电视，间或摘一两粒玉米送入口中。他好像在跟人家表白他有多么多么喜爱北京。我缓缓走下楼梯，面对他的背影，说出去转转。也不知他听清没有，他只是侧头敷衍地嗯了一声，就继续和人家眉飞色舞了。

走出别墅，走上伯恩河南路，我长长出了一口气。阳光艳艳地沐浴在身上，我恹恹地伸个懒腰，筋骨舒开，哦，云白天蓝，俨然我的心境也一下子秋高气爽了。我忽然改变了想法，干脆不去码头了，谁会接受一个“甜素纯”女孩做搬运工？我何不去Gulmtree小镇呢？反正去过，骑自行车去现在也是轻车熟路。就算是对Andy的侦查吧，他若在，我就说来找他玩玩，顺便看看究竟是怎么用电脑给奶牛清洗消毒的；他若不在，哼哼，你知道我该怎么办！

我登上了东去的Yellow bus。我有些忐忑，不是忐忑能否见到Andy，而是忐忑自己的英语，如今如果光听别人说，我尚能明白个大概，可没有能力与人交流。是，Gulmtree小镇是不算陌生，但那时候，有Andy做我们的向导，而且是5个人……我真的害怕会遭遇某些突发性事件呢。

我坐到副驾驶位置。现在不属于上下班时间，车上人少，车速很快，我一面仔细倾听播音里播报的下一站站名，一面仔细辨识站牌。我央求司机说：“Teacher, I'm going to the Puston farm near Gulmtree town, please let me know when you arrive. Please（师傅，我要去Gulmtree小镇附近的普斯顿农场，拜托您到时一定通知我一声，拜托您了）!”

我不知说的是否正确，他转头看我一眼，又看了一眼，友好地笑笑，“Are you Japanese（你是日本人）?”

什么什么，他说我是日本人！受苏护士和夏编辑影响——他们总是乐此不疲地观看各类抗战电视剧，我极其不喜欢日本人，连带着也超恨那些狗汉奸。我收起讨好的表情，几乎板起了面孔，“No, I'm not Japanese（不，我不是日本人）.”

他狐疑地再次看了我几眼，点点头，好像这次已经很有把握猜到我是哪国人了，连续“噢噢噢”了三声。“Sister（妹妹），”他坚定地说，“Are all your Korean girls like Ji-hyun Jun, gentle, virtuous, innocent, lovely, and sweet with a little sexy（你们韩国女孩都像全智贤那样，温柔贤惠纯真可爱，甜美中带一点性感吗）?”

看看，这个自信的家伙，大概是个“韩剧控”吧，他把我当成了韩国人，把我比作韩国的全智贤耶，这倒叫我蛮开心，也许我真的有些“甜素纯”。我再次眉开眼笑，告诉他，我不是韩国人，而是中国人。

“Chinese（中国人）?”不料，这一次他却板起了面孔，还微微皱起了眉头，不再和我搭讪，隐隐闪现的一丝不屑又一次让我想起了“easy girl（容易女孩）”，难道我们中国女孩留给世人的印象就那么糟糕吗？真的已变成世界上最开放、最大胆、别有用心、头脑简单、知识贫乏、傻、功利的女孩？唉，糟糕就糟糕吧，这不是靠语言辩驳就可以改变的。好在我们的Yellow bus已经出现在Gulmtree小镇，我看见了那家曾经和Andy等人吃过饭的farmer eatery（农家餐馆）。车在我的回忆中很快来到了普斯顿农场。

一辆大巴呼啸着从我身旁掠过。

车直接开到了普斯顿农场门口，几十个孩子欢天喜地地从车上冲下来，咦，那个追打同伴的孩子身影咋那么熟悉？那么调皮，一侧长一侧短的头发，看不出是男孩还是女孩，动作有一点阴柔，那不正是伪娘马骞吗？忽听一个女生大声命令大家，“Lined up！Lined up, everyone（列队！请大家列队站好）!”是南烟，南烟在组织大家。这时我看见了我去年的班主任T，风流倜傥的T故作绅士地最后一个从车上缓步走下来。留学生们已经迎面冲他站好，T走到队伍前面南烟的身侧，倏地举起了一只手，示意大家安静，接着开始了他短暂的训话……这场景太熟悉了，仿佛就在昨天，仿佛我就是队伍中的一员——这便是伯恩茅斯语言学院的寄宿高中，为了让小留学生们能够亲身感受英国，了解英国，例行组织到当地小镇或农村的活动。

我与他们距离十几米，绿树浓荫的大门就在他们身后，看不出是铁栅栏墙，还是其他的什么材质，高大而错落有致的墙体被一种浓密的类似于爬山虎的植物厚厚地覆盖着。我来过Gulmtree小镇，但没到过普斯顿农场，不知这广袤的庄园般的农场外人是否可以随便出入。我犹豫着试图绕过队伍直接走进去。突然马骞非常尖锐的高喊声猛地袭来："嗨，米苏姐？米苏姐，是你吗？南烟，是米苏姐来了，她就在你身后。"

我不得不停下脚步。像去年我们的IB2－4班一样，队伍中绝大多数为中国的孩子，他们顺着马骞平举的手指，齐刷刷地将目光集中到我身上，南烟和班主任T也同时转过身。我礼貌性地冲他们挥挥手，正欲继续走，马骞却突然不顾一切地从队伍中冲出，直接冲到我跟前，"米苏姐，你干什么来了？你加入我们吧？ T，米苏姐是你去年的学生，就叫她加入我们吧。"马骞忽然把声音压低，"对不起，米苏姐，我不敢和老太太对抗了，她把控着我的经济来源，没有她，我什么都玩不了。"

T停止了训话，朝我走过来。

南烟随后，但她加快脚步，超过了班主任T。队伍立刻变得无形了，挤在一起，开始对我指指点点，议论着。南烟异常冷漠地来到跟前，"非常抱歉，米苏，"她回头望了一眼，"您看看，我觉得您最好不要加入，否则会搞乱我们的秩序；另外，这农场是不许外人进的，我们是和人家核定了人数的，进去之后要逐一消毒，还要换上人家统一的服装，以避免非普斯顿人带入各种有害病菌……”她一边说，一边摊开双手，同时耸了耸肩，表示她丝毫没有办法。这是很典型的英国人温文尔雅的客气习惯，即遇到什么问题从来不急于争吵，而是尝试以协商的办法达到取得自己权益的目的。这孩子学得好快呀！T这时看了看我，挑了一下眉毛，好像是被南烟所感染，也耸了耸肩。马骞立刻露出难堪的窘态，他张了张嘴，似乎还想要央求什么，我马上拦住他，淡然地笑笑，“马骞，谢谢你的好意，南烟、T，你们放心，我不会跟你们去的，我怎么会跟你们去呢？我是有事来找Andy，他在这里工作啊。”

马骞脸上突然露出一丝狐疑的表情……

五十一

我要赌，赌Andy会说实话，赌他主动亲口说出，他已经被普斯顿开除，他今天根本没去农场而是干别的去了，赌他告诉我真正的原因。这是我苦苦等了近2个小时，才通过马骞费尽周章的“侦察”，所获得的确切信息。那么老实的一个人，究竟是出于什么原因，一而再再而三地说谎，难道连他爱我也是一个滑稽的天大谎言吗？不过我的赌注也实在是不小，或谓之惨重，我随时都有可能遭了他的“毒手”——你懂得的。我不知道一旦Andy伸出“毒手”，我是否有能力夺门而出，假设不能，又有谁会因为我的呼救能循声而至施予援手。老机械师？不可能，恐怕这正是他的初衷。傻女人？不会，她一向都是以丈夫的旨意作为所有行动的指令。楼下能听到呼救吗？马骞有胆量上来？或许闽北女人叶教授才是我唯一的救命人。

这个夜晚十分难耐。

首先Andy过早地回了家，也许他已不再算计时间。晚饭是老机械师做的，比往日吃得都早。他虽未做中餐，但也算丰盛。饭后Andy居然请求我和他一起出去散步，这可是破天荒的第一次。是老机械师的阴谋，还是他自己的主意？他们居心何在？我观察着Andy的眼睛，但他又不敢看我了，眼帘低垂，平静的表情窥不出一丝端倪。我拒绝了他，不管是不是圈套，已经到了此刻，我断不会按照他或者他们的想法去做哪怕一件事，难保他不是想借着夜色，借着昏暗的路灯，借着伯恩河边婆娑的树影，这些天然的浪漫环境和氛围，铺垫一些容易"下毒手"的前戏。Andy也许不会，但老家伙必定是个行家里手，我才不会随随便便就中了你们的诡计。我干脆不出自己的房间，干脆永远不关灯，干脆倚在床头，如果Andy不说话，那我就干脆玩一夜手机平衡滚球游戏。

看你们能奈我何！

Andy的脸色越来越凝重，凝重之中似乎夹杂着负罪般的愧疚，他忽然变得很怪异，怪异得令人无法理解，让人心生畏惧。他一直不说话，以前我们单独相处的时候，他简直就是一个话匣子，总是不停地说这说那，一点都看不出笨嘴拙舌的样子。可是现在，自从从我嘴里说出不去了，我不想出去，他平静的脸先是显现出些许难堪，继而就凝重起来。他围绕着1.5×2米的床，很深地埋着头，心事重重地来回慢慢踱步，踱几步，停下来，然后继续踱。他根本不看我，即便有几次把脚步停在我跟前，也照样不看我。

他停在我跟前的时候，我面上虽是继续平静地玩游戏，可心却几乎要跳出了咽喉，我好害怕他会饿虎扑食一样猛地把我压倒在身下。我时刻警惕着，只要他有所异动，我就闪电般滚到床的另一侧。但是他没有，一直都没有。如此，不知过了多久，他忽然把脚步停在了门边，"咔嚓"，一声轻响忽然传来。哦，坏了，他把门反锁起来了，这回他可要"下毒手"了。我怎么办？跑是绝对没时间的，唯一的选择只有奋力抗争和大声呼救，有谁会破门而入救我呢？我停止了游戏，握着手机，下意识地后缩了一下身体，恐惧地盯着他。Andy缓缓转过身，但仍没有看我，而是慢慢走回床边，无声无息地把他的被子从床上抱到床下，又把被子铺在木地板上。他抓过枕头贴住墙，居然轻轻地斜倚在枕头上闭起了眼睛。

我纳罕地看着他的脸，他眉宇间隆起一个大疙瘩，表情痛苦而绝望。他到底怎么了？怪吓人的。难道跟我说说心里话就那么困难和痛苦？！一瞬间，我忽然觉得这个傻东西很可怜。于是我小声叫他，"Andy, Andy, Andy…"我一声比一声高，但Andy还是不说话。我看清了他眼皮在跳动，他不可能睡着，两腮上的咬肌也在急促地滚动着，也许他正在下着某种决心？果然，在我叫到大概第六声的时候，他的蓝眼睛猛地张开来，人也腾地坐直了身体。他使劲儿绷了一下薄薄的嘴唇，定睛看着我，“苏苏，我们明天去伦敦吧，我给你买机票，然后送你回国。”

我的嘴巴霎时张大，惊愕得良久无法合拢。怎么，他憋了一晚上甚至整整今天一天，莫非就憋出这样一句话来？是，我心里的确也曾无数次地涌动过要回家的念头，但是从来没想到Andy会说出这样的话。这到底是为了什么？

我的眼泪竟奇怪地一下子冲出眼眶，我疯了一般爬下床铺，爬到他跟前，坐到他对面，双手抓牢他的肩，狠命地摇晃着，号叫着质问他：“Andy，你快告诉我，到底发生了什么事？”Andy也立刻泪水滂沱。他一下子拉我入怀，紧紧抱住。

五十二

我们双双泣不成声。

我们哭，我们把克制压抑的哭声关在自己的房间，因为老机械师正在客厅里专注地浏览电脑，叶教授在楼上，下面还有一个真真假假在学习的马骞。我们不能破坏了整座别墅里静谧祥和的氛围。

突然，一声惊恐万状的嘶鸣从楼下传来，Andy下意识地更加抱紧了我。他支起耳朵，他听见了那个嘶鸣声跌跌撞撞冲向楼梯，又几乎连滚带爬奔上二楼，似乎还有一个敏捷的脚步声紧随其后，我们听见仿佛有棍棒类的东西“噼啪”猛打在人的肉体上，每“啪”一下，就响起一句咬牙切齿地痛骂：“打死你！打死你这个老花痴！打死你这个老流氓！老不羞！老变态！”嘶鸣声、噼啪声和怒骂声相互交织，顷刻间便冲到了二楼。

我和Andy几乎同时从地面上弹起来，他率先一步跑到门前冲出去，我们骇然地看见Andy的母亲正披头散发狼狈不堪地逃往老机械师的身后，北京女人挥舞着一截做玉米大棚剩下的竹片，凶神恶煞不依不饶地追打着。Andy一个箭步冲过去，护在老机械师身前，我也立刻冲出，牢牢搂住北京女人。

“小贱货，你松开手，要不我连你一块废了！”北京女人一面挣扎，一面将竹片无力地打到Andy的屁股上。

老机械师突然大喝一声，“都住手！”他的声调异常坚毅而威严。我们果然都住了手，连北京女人也停止了挥舞竹片。只见老机械师跨前一步，但是，倏地，他的坚毅和威严奇怪地一扫而光，他居然冲人家猥琐地点头哈腰起来。

“马夫人，您消消气，消消气，是不是我家老东西偷看贵少爷洗澡了？”

北京女人稍微愣了一下神，但转瞬恢复了狰狞的面目。她怒视着Andy的母亲，“就是嘛，我本来在院子里查看玉米，可刚一回客厅，就看见这个老变态正猫在洗浴间门外偷看，你们说她是不是不要脸的老花痴？”她再次举起手中的竹片，跃跃欲试地挥舞着。

我只好又一次将她抱住，并急急劝慰道：“阿姨，您消消火，您真的要消消火，您别怪她。您看不出来吗，她其实有点残疾，但并无恶意，只是对黄白两种人的差异特别好奇。去年，我洗澡的时候她也经常偷看。”

“你？你当然不怕了，你本来就是个骚货。”

我用足力气抱住她，说什么也不让她挣开。但令人骇异的事情再次发生，老机械师竟然伸出长满硬茧的大手，直接将我的手臂掰开了。他极其鄙夷地望着我，“对嘛，马夫人，您说得对，我看她也是个骚货。小丫头，我告诉你，其实你根本没有资格当我儿子的媳妇，还非得来我家住，你说你是不是骚货？”老家伙居然英汉两掺地骂起我来。

“不是——”

Andy狂吼了一声。

Andy终于爆发了。

他用单臂圈住我，怒斥着他父亲。他咆哮：“你说的不对！不是苏苏没资格作我媳妇，而是我没资格作她丈夫！事实上我就是个窝囊废！这些天，就是苏苏再次来到咱们家的这些日子，我一直在躲避她的目光，不敢和她交流，但我一直没有停止过纠结，是，我承认，我很爱很爱苏苏，我没办法不爱她，我管不住自己的心。”“但是……但是……苏苏，请原谅我直到现在还瞒着你，我已经失去普斯顿农场的那份工作了。”Andy突然对我说了一句，然后再次转向他父亲，“可就算没失去又怎样？呵，呵，呵，我还不是同样没能力阻止她去干摘苹果这样的苦力？她漂亮、聪明、勤劳、善良，本应该待在家里享受优雅而幸福的生活的，可这一切我能给她吗？不！我不能！是我没资格，呜呜呜。”Andy一会儿像笑，一会儿像哭，他痛苦得用双手一下下揪扯自己的头发，一面继续对我说：“苏苏，对不起，呜呜呜，我的好苏苏，我实在没能力给你幸福，恐怕这辈子都不可能，呜呜呜……”

“我说的咋不对了？你也说了，她干摘苹果这样的苦力，她若考上英国的某所大学，一切都顺理成章，可她现在，一没知识，二没文凭，三没技术，就连英语至今都还不能自如地说，她就是个贱皮，以后还不一定干出什么更下贱的事情呢，她绝对没资格成为我这个别墅将来的女主的！我永远都不会允许！”

Andy已不再和他父亲说话，除了一个劲儿地道歉，就是一个劲儿地安慰，在他看来，我被他父亲如此侮辱，一定会大哭不止，甚至会痛不欲生。但是他错了，我真的一点都没觉得委屈，我甚至挺庆幸的，庆幸这么快就让我认识了老机械师的本质。我淡定地拨开Andy的手臂，对他说：“Andy,你没错，不用道歉。”说完，我漠然转身。

我拉着我的特大号旅行箱，走出伯恩河边的独栋别墅。箱子里其实很空，所谓赤条条来赤条条去，但我却感觉到从未有过的轻松。

Andy一直穷追不舍，他阻止我，说即便走，也要等到天亮再走，他要把我安全送回中国。

叶教授和马骞也偷偷地追出来。马骞无比愤慨，他骂他家老太太，骂老机械师，埋怨Andy，埋怨他没用。他央求叶教授，请求她让我先到她的房中留宿一夜。

叶教授似乎早有考虑，不慌不忙地从衣袋里掏出一沓钱币，强行塞入我手中。叶教授说：“米苏，你是个好孩子，很棒的孩子，叶婶知道你的费用可能不够，叶婶很信赖你，如果你也信赖叶婶，就一定把这些钱收下。”

“对对对，米苏姐，收下，收下。”马骞也急忙掏出钱来。

我的眼泪早就溢出了眼眶，我抓住叶婶的手，哽咽着，正要无法控制地扑进她怀里，忽然一辆TAXI急刹在我们跟前。

两个再熟悉不过的身影同时冲下车。我不敢相信自己的眼睛，说什么都不敢，他们居然是苏护士和夏编辑。

我大张着嘴巴，惊喜得说不出话来，眼泪瀑布一般飞溅。模糊中，我看见下车的竟然还有我去年的班主任T，这一定是我父母找到伯恩茅斯语言学院高中留学生部，再通过T寻到了此处。

母亲也扑向我，我们紧紧相拥。

我一面哽咽，一面向母亲提出想续读的请求。母亲喜极而泣，说她和夏编辑也正有此意，只是如果我不愿意，他们绝不再强迫了。

班主任T好像听懂了我们的话，突然插话道："好啊，米苏，就叫你父母抓紧补办手续吧，还来我这个班，和南烟、马骞做同学。"

班主任T居然也能说中国话了。

"不过，"母亲继续说，"我和你爸可没有条件辞职来这里陪读，我们还要承受分别之苦。"

我笑着回母亲："妈，没事的，我们的分别只是暂时的，我们之间的爱可是永恒的。"

这个夜晚忽然之间变得很温暖。